狼與辛香料 VI

支倉凍砂
Isuna Hasekura

Illustration
文倉 十
Jyuu Ayakura

流浪少年托特・寇爾

少年站起身子，
不顧士兵制止，從棧橋上直直奔來。
他前進的目標，呼喚的對象當然是——
羅倫斯。
「老師！是我！是我啊！」

「真是的……」

赫蘿一副難以置信的模樣笑著說道，

跟著東張西望地環視四周一遍後，忽然屈膝蹲下。

以手臂繞過羅倫斯的後頸，讓輕盈身軀坐在他身上。

「如果立場互換，汝絕對也會生氣。不是嗎？」

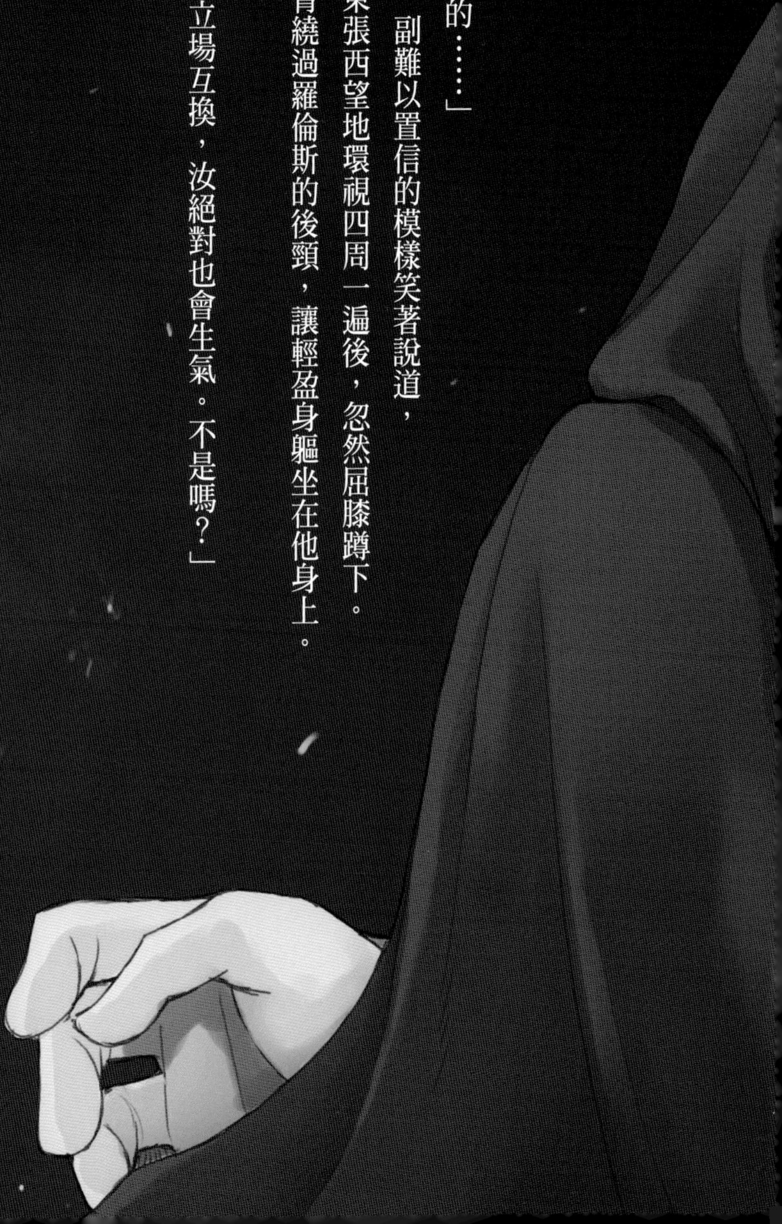

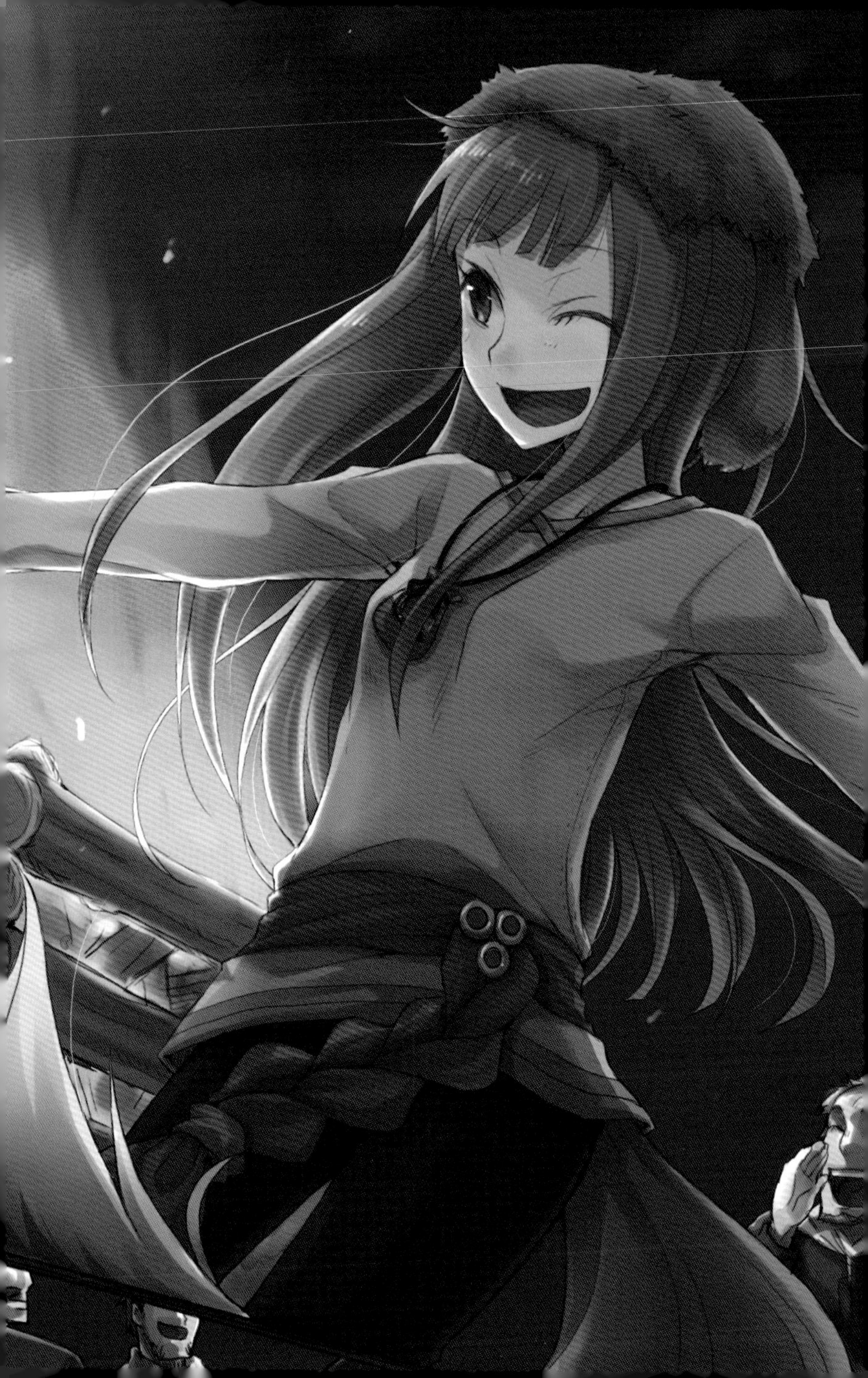

「哈哈哈！
我一直覺得她有些像隻動作敏捷的貓，
沒想到戴起來會這麼合適。」
船主伊本・拉古薩

Contents

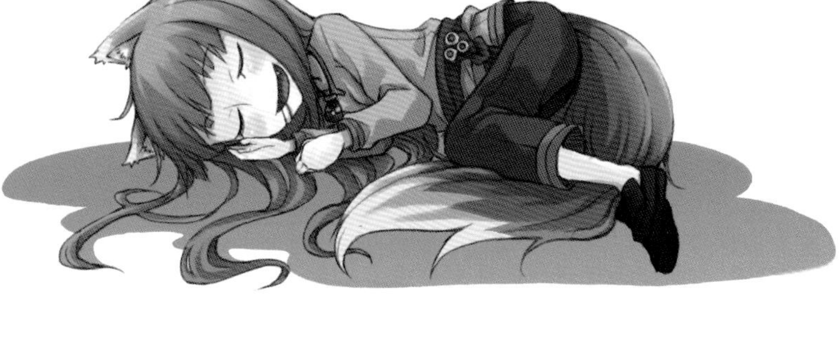

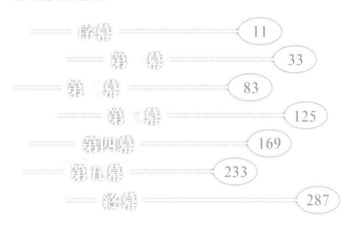

狼與辛香料 Ⅵ

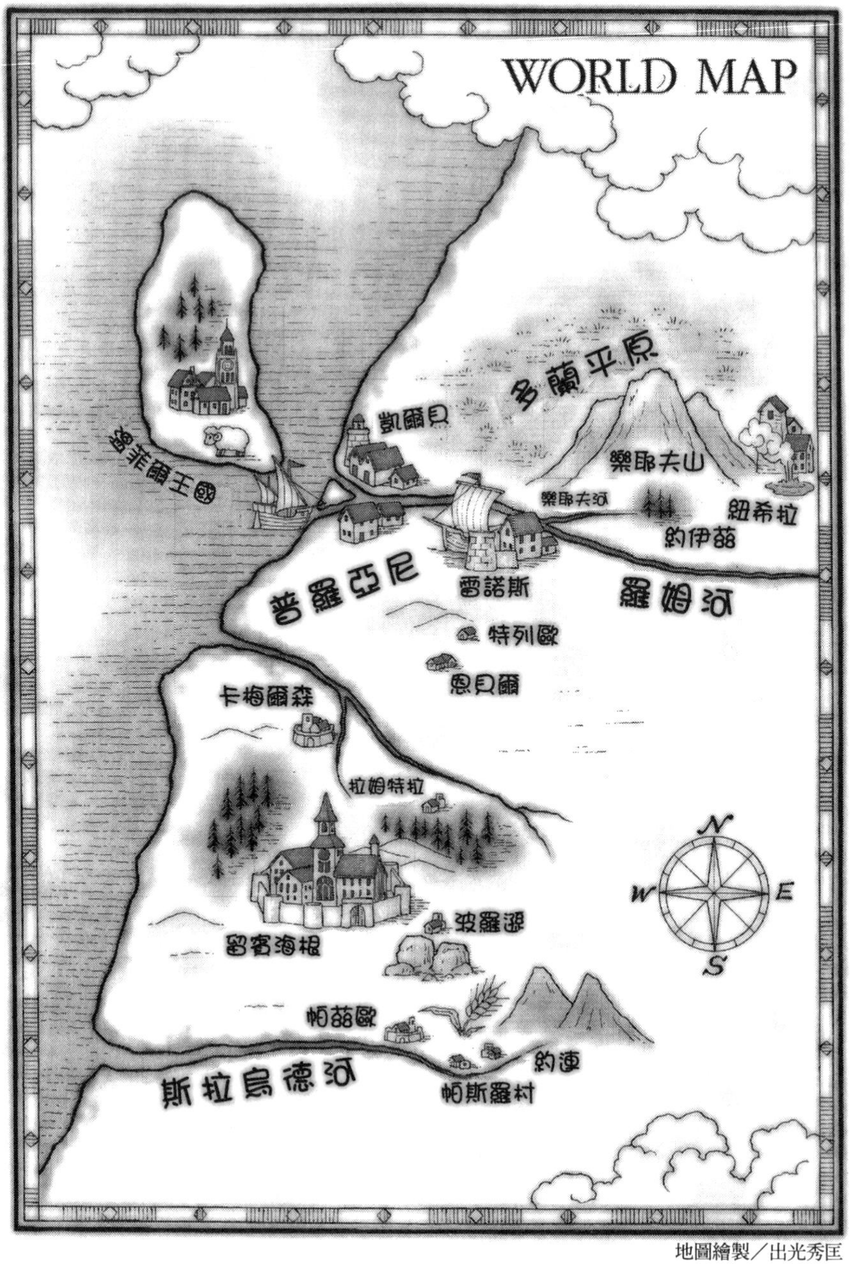

WORLD MAP
溫菲爾王國
多蘭平原
凱爾貝
樂耶夫山
樂耶夫河
紐希拉
約伊茲
普羅亞尼
雷諾斯
羅姆河
特列歐
恩貝爾
卡梅爾森
拉姆特拉
留賓海根
波羅遜
帕茲歐
約連
帕斯羅村
斯拉烏德河
N
W
E
S

地圖繪製／出光秀匡

序幕

赫蘿大步伐地前進著。

平時總是羅倫斯放慢腳步來配合赫蘿的速度，這時卻完全相反。赫蘿像是要用腳跟踢開地面石板似的闊步走著。

城裡依然是一片混亂，人潮如浪濤般湧進兩人橫越的港口。在陣陣湧上的人潮中，羅倫斯的手被赫蘿牽著，拚命地跟上她的腳步。

從不同角度來看，羅倫斯的模樣或許就像個在這片混亂中，遭到暴徒襲擊的可憐旅行商人；而牽著他的赫蘿則像試圖保護他的溫柔修女。

然而事實上，赫蘿的態度毫無溫柔可言。

這是因為羅倫斯本來就已紅腫不堪的右臉頰，方才又被赫蘿賞了一記。

「哎，汝就不能走快些嗎!?」

此刻的赫蘿身上找不到一絲溫柔。她使勁地拉著羅倫斯的手，只要羅倫斯沒跟上腳步，就會惹來這般怒吼。赫蘿此刻的表情，就像是把淋上大量蜂蜜、打算當作飯後甜點的野莓糕不小心掉到地上似的。

只是，羅倫斯也不便插嘴說什麼。

因為他沒有露出遭人掠奪財物後應有的表情，所以怎麼也無法強硬制止赫蘿的行動。

就算是羅倫斯，也十分明白赫蘿是對自己感到生氣。

話雖如此，但在這雷諾斯城，羅倫斯與原本要一同買賣皮草的商人伊弗發生了一場危及性命的爭執，甚至還受了傷。更慘的是，在受了傷之後，他又立刻與赫蘿進行了一場讓人頭暈目眩的爭論。

羅倫斯終究是累了，他很想休息一會兒。

「只要一下下就好，妳可不可以放慢腳步用走的？」

雖然羅倫斯的傷勢不至於嚴重到失血過多，因而沒有引起貧血，但在歷經一場柴刀與小刀交錯的搏命演出後，身體產生的疲倦感並不尋常。羅倫斯感覺雙腳如綁上鉛塊般沉重，甚至覺得僵硬的兩隻手臂，是在不知不覺中被換上用木頭做成的假手臂。

而且，就算加快腳步，也無濟於事。

羅倫斯這麼想著，於是向赫蘿搭腔，但赫蘿回過頭時的眼神射出如滾燙熱油般的怒光。

「走？汝說用走的？難道汝前來迎接咱時，也是一路走來的嗎？」

雷諾斯城裡的混亂程度已到了極點。就算赫蘿如此大聲斥罵，也不會有人回頭注意兩人。

「不、不是，用跑的，用跑來的。」

赫蘿連一句「既然這樣，就沒什麼大不了的吧」也沒說，便立刻轉回前方大步走去。由於赫蘿牢牢地抓住羅倫斯的手，所以只要赫蘿向前一步，羅倫斯就必須跟上她一步。

羅倫斯前往德林商行迎接赫蘿，並強勢地說服赫蘿，否定了她提出結束旅行的想法。從兩人再次打開商行大門的那一刻開始，狀況就一直沒有改變。

赫蘿的纖細手指一根一根地穿過羅倫斯的指縫，緊緊扣住他的手指。那已不算是牽手，而是真正的十指相扣。

所以，除了被拉著走之外，羅倫斯沒有其他選擇。只要赫蘿前進，羅倫斯就不得不跟著前進。要是他停下腳步，手指就會疼痛，而想要手指頭不疼，就只能貼近赫蘿走路。

在這般強行軍下，兩人轉眼間就回到了阿洛德的民宿。

「讓開！」

多名商人聚集在民宿門口，不斷互相交換有關城鎮混亂事態的情報，赫蘿對著商人們怒斥一聲後，便往民宿裡頭走去。

面對赫蘿的凶悍氣勢，就連挨罵慣了的商人們也不由得讓開了路。

商人們先目送赫蘿，跟著目不轉睛地注視在後頭被拖著走的羅倫斯。

羅倫斯想到下次來到雷諾斯時，大家肯定會提起今天的事情，不禁覺得心情有些沉重。

「老頭跑哪兒去了？」

兩人走進民宿後，發現阿洛德每次一邊以炭火取暖，一邊喝著溫葡萄酒的老位子上，坐著兩名看似旅行工匠的人在交談。

「老、老頭?」

「鬍子老頭!這家旅館的主人跑哪兒去了?」

以外表呈現的年齡來說,兩名中年工匠看起來差不多有赫蘿年紀的三倍大,但因為赫蘿實在太過凶悍,兩名工匠互看一眼後,小心翼翼地說:

「沒、沒有,我們只是受託幫忙看店而已,沒有過問去了哪裡……」

「吼……!」

聽見赫蘿的低吼聲,就連羅倫斯都感到畏縮了,坐在椅子上的兩名工匠更是嚇得幾乎就快往後翻倒。

雖然赫蘿的尖牙可能被瞧見了,但女人憤怒時露出的虎牙總會特別引人注意。

羅倫斯心想如果兩名工匠起了疑心,就這麼回答他們。

「跟那隻狐狸跑了嗎……愚弄了咱們,還以為不用付出代價是唄……汝啊,咱們走!」

赫蘿喊道,再次拉起羅倫斯的手走向民宿深處,跟著爬上階梯。

兩名工匠直盯著羅倫斯兩人,沒有挪開過視線。

等到羅倫斯兩人的身影消失後,兩名工匠一定會互相對視吧。因為很容易想像出兩名工匠面面相覷的模樣,羅倫斯不禁覺得有趣。

這家民宿的老闆阿洛德會要求兩名工匠幫忙看店並且外出，只有一個可能性。原本與羅倫斯計劃一同買賣皮草的伊弗，最後下定決心，做出羅倫斯認為不值得冒險的危險行徑。想必阿洛德是與她搭船南下了吧。伊弗的目的應該是打算在港口城鎮凱爾貝脫手賣出皮草，而對阿洛德而言，則是一趟南下巡禮之旅。

因為阿洛德是個不多說私事的人，所以羅倫斯猜不出是什麼原因鼓動了他這麼做。從阿洛德與伊弗似乎很親近的地方猜測，或許兩人之間有過什麼能夠讓彼此心靈相通的過去吧。

如同人們會懷念故鄉一樣，沒有一個地方比住慣了的家更舒適。

儘管這家民宿外觀泛黑、彷彿由名為「時間」的沉澱物堆積而成似的，但原本畢竟是阿洛德以師傅身分坐鎮的皮繩工廠。

他甚至願意捨棄民宿，也要南下踏上巡禮之旅，可見事情非同小可。

這趟艱苦之旅的路途指引以及盤纏問題，阿洛德應該會仰賴伊弗解決吧。

如同赫蘿因為歷經其漫長歲月，而體驗過各種事情一樣，人類也會歷經不算短的歲月。

針對某件事會做出什麼樣的判斷，最後會認為什麼最重要，因人而異。

在名為「世界」的板子擺上代表這些事情的秤砣，試看板子會傾向哪一方，正是所謂的人生；所以羅倫斯才會前往德林商行迎接赫蘿。

所以，進到房間後，一直被赫蘿拉著走的羅倫斯用力反拉赫蘿的手，讓赫蘿轉身面向他。

「我想問妳一下。」
赫蘿似乎完全沒料到羅倫斯會拉她的手，羅倫斯輕而易舉地就讓她轉過身來。赫蘿直到方才都還顯現在臉上的激動情緒已散去，流露出真實情感。
那表情顯得有些不安，卻又像是下定決心的樣子。
如果形容得簡單一些，那是感到迷惑的表情。
羅倫斯也隱約察覺到是什麼事情讓赫蘿迷惘。
「接下來妳打算怎麼做？」
不過，赫蘿畢竟是赫蘿。擁有賢狼名號的她一聽到羅倫斯的詢問，立刻恢復方才的神情。
「汝問咱打算怎麼做，是嗎？」
赫蘿說話時的那副凶狠模樣，就算她接著說「如果答案讓人覺得不滿意，別怪咱咬斷汝的喉嚨」，也不會顯得突兀。
即便如此，羅倫斯毫無畏懼地舉高與赫蘿牽住的手，用指背擦去沾在赫蘿唇邊的紅色物體。
紅色物體肯定是原本沾在羅倫斯臉上就快凝固的血塊吧。
赫蘿依然一副生氣的表情，但羅倫斯一眼就能夠看出她的假面具就快卸下。
赫蘿是對自己感到生氣。
她有太多自身的情感無處宣洩。

「嗯。就算要離開城鎮，也要先想好旅行計畫。」

「旅……旅行的計畫？」

赫蘿之所以露出複雜的表情，或許是因為她也漸漸搞不懂自己為何要對羅倫斯大聲怒罵。

「因為臨時起意就離開城鎮，這太過魯莽了。」

「臨時起意？難道汝不想追上那隻狐狸，討回利益嗎？」

雖然赫蘿猛然把臉湊近羅倫斯說道，但兩人之間的身高差距，使得赫蘿怎樣都必須抬高視線地看著羅倫斯。

赫蘿那模樣簡直就像貼近羅倫斯要求抱抱一樣，但羅倫斯當然沒有這麼說出口，他可不想被赫蘿丟出窗外。

「狐狸是說伊弗吧，妳說把利益怎麼樣？」

「當然是要討回來！那隻狐狸騙了汝，還獨吞了所有的利益！既然這樣，就應該讓那隻狐狸付出代價！」

「就像之前有一次為了討回黃金那樣？」

聽到羅倫斯說道，赫蘿點了點頭。

她在那之後垂著頭好一會兒，想必是在調整不小心歪掉的憤怒面具吧。

那一次羅倫斯兩人完全是遭人背叛。

然而，這次算是遭人背叛嗎？

伊弗確實設下陷阱陷害了羅倫斯，但沒察覺到陷阱的羅倫斯自己也有錯。

再說，赫蘿現在能夠回到民宿房間，就代表著羅倫斯徹底取消了與伊弗的交易。

事實上，伊弗打算進行的交易伴隨著如同自殺行為的危險。羅倫斯是因為發現這點，所以才退出交易。

因為這筆交易等於是百分之百反抗雷諾斯教會的行為，而羅倫斯不認為教會可能饒過這樣的行為。

不過，如今雷諾斯城裡的混亂程度恐怕已超出教會所預期，企圖於雷諾斯建立權力的教會想必正為了收拾這場騷動，忙得不可開交吧。

而且，為了追求自身利益，載著皮草乘船南下的不只伊弗一人。從港口的狀況，就能夠清楚明白這個事實。

事態未能如教會所計謀般進展，如今已不是只要制止伊弗一人就好的狀況。不如說教會現在應該會就這麼不管伊弗，致力於收拾事態比較好吧。

這麼一來，教會也不會想要追捕原本打算與伊弗合作買賣皮草的羅倫斯。

也就是說，不惜冒險、放手一搏的伊弗贏了這場賭局。

事到如今，羅倫斯不禁會想就算前去索討，但自己是否有權利接收利益？

他能夠立刻做出回答。

他取回賭金，用賭金贖回赫蘿。這麼一來，要求繼續參加賭局的人把利益分給自己，這當然不合理。

當然了，以赫蘿的聰明才智，肯定早已察覺事實如此。她是在明白這樣的事實之下，刻意說著要討回利益。

而且，赫蘿一直對自己感到生氣。至於赫蘿為什麼會對自己生氣，那是因為她想要提出任性的要求。

這個任性的要求是什麼呢？

答案可想而知。

而且，這個任性的要求是會讓羅倫斯極其開心的事情。

「難、難道汝不會不甘心嗎？這樣不是被人搶先一步了嗎？」

因為赫蘿自己明白只要羅倫斯提出反駁，她會立刻答不出話來，所以刻意說出這般偏離原本話題的話語。

羅倫斯稍微別開臉，點了點頭。

他刻意裝出被赫蘿凶悍氣勢壓倒的模樣。

「確實是這樣沒錯。可是，如果實際去思考問題，會發現有很多困難點。」

「……汝這話是什麼意思？」

雖然羅倫斯與赫蘿絕不會互相說出真心話，但兩人的互動之間，之所以會像是套上一層由「謊言」所製成的薄紗，並非因為兩人無法信任彼此。

而是因為兩人的個性都很固執，所以這點程度的虛假恰到好處。

「伊弗想必已經做好周全的準備。她能夠一下子就找到船隻，絕不是偶然。一定是她事前就做好交涉了吧。這麼一來，我實在不認為現在才出發，能夠追得上她。馬店裡現在一定像在打仗一樣亂成一團，就算想騎馬追她，根本也找不到馬兒可騎。」

「有汝的馬啊？」

「妳說那匹馬啊？那匹馬確實強勁有力，但是要牠長距離奔跑，很難保證不會發生什麼事。騎乘奔跑的馬和用來拉貨物的馬是不一樣的。」

聽到羅倫斯說道，赫蘿像在拚命思考著什麼似的垂下了頭。

就如赫蘿自己在德林商行時所說一般，只要她恢復成狼的模樣，就能夠跑得比什麼都快。

不過，羅倫斯當然不會指出這一點。

「而且，伊弗先前也和我提過，她似乎已在羅姆河下游的凱爾貝找到了皮草買家。這麼一來，伊弗當然是以會遭到教會追捕為前提在進行交易，她一定也早就計畫好要怎麼逃跑了。」

羅倫斯做的這些假設都不誇張。

伊弗可能選擇的逃跑路徑可大致分為陸路和海路。如果她選擇了陸路，那還有可能追得上，但倘若伊弗出了大海，就束手無策了。

雖然依目的地不同，也會在行程上有所差異，但只要遇上適合航行的氣候，海路能夠比陸路快上五倍。

就算是赫蘿，恐怕也很難追得上吧。

「就、就算是這樣，咱還是無法接受，咱不追不甘心。」

儘管氣勢已逐漸消失，但赫蘿仍然這麼主張說道。

赫蘿會如此執意要追上伊弗，就算有一半理由是她當真覺得伊弗可恨，另一半也絕非如此。而這另一半的理由，正是讓赫蘿對自己感到生氣的原因。

赫蘿說，她想要結束與羅倫斯的兩人之旅。

她的理由是害怕兩人感情太要好，會使得樂趣磨滅，風化了愉快的感覺。

對於這點，羅倫斯能夠理解兩人確實無法永遠維持愉快的日子，也能夠理解無法一直延續與赫蘿的旅行。但是，他覺得至少應該以笑臉迎接旅行結束的那天到來。

當然了，就像明明知道隔天會宿醉，還是忍不住多喝幾杯酒一樣；就算心裡明白這樣不行，還是會受不了想要與赫蘿一直旅行下去的誘惑。這麼一來，羅倫斯當然無法否定兩人有可能走向讓赫蘿感到害怕的結局。

但是，羅倫斯希望旅行至少能夠延續到抵達赫蘿的故鄉為止。所以他才會前往德林商行，牽起赫蘿的手。

在經過這些互動後的現在，不用說也知道，兩人僅管渴望，卻不肯說出口的事情會是什麼。

那當然就是繞遠路，好刻意延長旅行。

「如果說不甘心，那當然是會不甘心了……」

「是唄？」

赫蘿臉上儘管帶著憤怒神色，表情卻也顯得開心。

羅倫斯不禁有些佩服地想著「原來世上有這麼多種表情」。

「而且也確實虧了錢……」

伊弗在判斷出不得不取消與羅倫斯的交易時，留下了這家民宿的所有權狀。因為民宿所有權是羅倫斯以赫蘿為抵押品進行融資之際，可獲得的代價，所以價值幾乎相等於向德林商行借來的金額。

不過，金額有些不足。

德林商行的真正目的，在於鞏固與擁有貴族名號的伊弗之間的關係，如今德林商行已完成這個目的，所以羅倫斯不覺得德林商行會在意這部分的少許差額。事實上，德林商行也這麼告訴了羅倫斯。

即便如此，做生意的可怕之處，就是這樣的人情不知會在何處帶來什麼樣的影響。以羅倫斯的立場來說，就算遲了些日子，他也希望能夠把差額補上。

這麼一來，羅倫斯當然會有所虧損。

當然了，虧損金額並沒有超過容許範圍。但是，赫蘿聽到有所虧損後，一副正合我意的模樣精神奕奕地說：

「嗯，而且汝還受傷流了血。咱得好好讓那隻狐狸知道傷害咱的夥伴，就等於傷害了咱。」

聽到赫蘿這麼說，雖然羅倫斯很想說「剛剛到底是誰激動地打了我這張腫大的臉」，但強忍了下來。

「這麼一來，只好追蹤伊弗了啊……」

「嗯，睽違已久的狩獵吶。」

赫蘿露出邪惡的笑容說道。

她的模樣之所以少了平時的氣勢，或許是想到總算能夠在彼此不說出真心話之下，順利找到繞遠路的藉口。

在特列歐村遇上毒麥事件的騷動後，赫蘿與羅倫斯兩人都期望能盡量延長旅行的路途。

現在回想起來，羅倫斯不禁覺得這般願望未免太天真。不過，如今這般願望也已成為過去。

人心會不斷地改變。

沒有改變的，就只有羅倫斯與赫蘿充滿謊言的互動而已。

「不過……」

所以，當羅倫斯這麼說時，赫蘿立刻抬起頭，眼神認真地看著他。

「我是個商人。我當然有自尊，也會愛面子，不過我和只靠名譽賺錢的騎士不同。所以，只要計算損益後，發現有可能虧損更多錢時，就立刻停止追蹤。這點妳可以體諒吧？」

雖然為了與赫蘿繼續旅行，羅倫斯已經做好能夠暫停行商直到明年夏天的安排，但如果過了明年夏天還沒恢復行商，就會開始對生意造成影響。所謂生意，本來就是在雙方都方便之下，才可能成立，所以並不是每個對象都能配合羅倫斯單方面的狀況。

如果赫蘿表示願意一直跟著羅倫斯行商，那又另當別論了。

「咱只是為了汝在行動而已，如果這樣汝能夠接受……嗯，那也是沒辦法的事情唄。」

雖然赫蘿的回答顯得奇怪，但羅倫斯還是點了點頭，一副很感謝赫蘿諒解的模樣說了聲：

「謝謝。」

赫蘿帽子底下的耳朵微微顫動著，羅倫斯不確定那是因為赫蘿覺得兩人的互動太蠢，還是為了能夠光明正大地稍繞遠路而開心。

他心想，應該兩者都有吧。

「那麼，接下來要想好追蹤的手段。妳打算怎麼做？」

「還能怎麼做？當然是坐馬車唄？」

雖然赫蘿這麼說，但羅倫斯搔了搔鼻頭回答說：

「坐馬車要花上五天的時間，妳受得了嗎？」

當兩人好不容易抵達雷諾斯時，赫蘿因為疲累，甚至發起了脾氣。

沒能好好休息過，就立刻在這般寒冬之中乘坐馬車繼續旅行，不僅赫蘿有可能累倒，就連羅倫斯也不願意。

果然不出所料地，赫蘿臉上蒙上一層淡淡的陰影。

「唔……要在馬車坐上五天啊……」

「途中當然有像小型城鎮的部落，也有旅館，只是格調不怎麼高。」

如果沿途找得到教會，投宿在教會當然是最理想了，只可惜這一帶並非教會能夠單獨座落的地區。

這地區淨是一些廉價旅店或兼營民宿的地方。

想到必須在瀰漫污垢及塵埃的臭味之中，與說不定是盜賊或山賊的旅人們共眠，實在讓人不敢領教。

「那、那麼，河川呢？」

「河川？」

「嗯。如果那隻狐狸是沿著河川南下，咱們也照做不就好了?這是很自然的道理唄。」

羅倫斯當然明白赫蘿的意思是要搭船，但想起一邊被赫蘿拉著走，一邊橫越港口時的混亂狀況，他不禁傾了一下頭。

在那般狀況下，會有船隻願意載著旅人悠哉地走上一程嗎?

「不知道有沒有船可以搭。」

聽到羅倫斯直率地說道，赫蘿甩了一下仍與羅倫斯十指相扣的手，補上一句說：

「現在不是在那邊說有沒有船的時候，而是說什麼也要找到船!」

對著以眼神反駁「不要鬧了啦」的羅倫斯，赫蘿眼底閃過一道妖媚光芒。

羅倫斯有種不好的預感。

他試圖想要逃避。

然而，赫蘿繞到他眼前說：

「還是說，咱的提案……讓汝覺得很困擾?」

赫蘿這次是真的刻意低頭抬高視線地看向羅倫斯。

羅倫斯也略顯認真地別開臉。

「如果汝覺得困擾，就老實告訴咱。咱是為了汝著想，才想去追那隻狐狸……可是，咱有時候會自顧自地往前衝。喏，汝啊。」

說著，赫蘿舉起牽著的羅倫斯的手，拉近自己胸前。

雖然看見赫蘿恢復平常的模樣讓羅倫斯覺得頗為開心，但是她整羅倫斯的功力比過去強上了好幾倍。

因為現在的赫蘿有了新武器。

「咱真的很開心。」

赫蘿突然放軟音調說道，並稍微垂下頭。

看見赫蘿如此恐怖的舉動，羅倫斯不由地在心中低喊——

嗚呼哀哉。

「咱很開心。沒錯，因為汝說了汝喜歡咱，所以——」

「知道了、知道了！我們去找船南下！這樣總可以了吧？」

赫蘿刻意裝出驚訝的表情，然後堆起滿臉的笑容。

她裝出一副要親吻羅倫斯手的模樣把嘴巴湊近胸前，雙唇之間卻露出了尖牙。

與赫蘿的這場對抗，羅倫斯宣告敗北。

要以奮不顧身來形容羅倫斯當初的行為，實不誇張，但一旦採取了奮不顧身的手段，勢必伴隨代價。

這就是羅倫斯必須付出的代價。

赫蘿用言語清楚地說了出來。

正因為那是羅倫斯的真心話，所以他無法對抗赫蘿。

羅倫斯感覺自己就像以無擔保的方式，把蓋上血印的重要合約書交給了赫蘿。

當看見赫蘿不懷好意地笑著，開玩笑地作勢要撕毀手上的合約書，羅倫斯當然會慌張不已。

誰叫合約書上寫的都是事實呢。

「那麼，趕緊收拾行李唄。還有……」

赫蘿放下手說道。

「……什麼？」

聽到羅倫斯反問道，赫蘿表情認真地說：

「難得有一趟船旅，咱想吃小麥麵包吶。」

羅倫斯駁回了這個意見。

赫蘿猛烈地提出抗議。

然而，羅倫斯並不讓步。

就算韁繩被抓得牢牢的，羅倫斯也絕對不會讓出綁緊荷包的繩子。

「我剛剛不是才說虧了錢嗎？」

「就是因為虧了錢啊。反正虧都虧了，事到如今也不怕虧損金額再增加唄。」

「妳這是什麼歪理！」

聽到羅倫斯說道，赫蘿嘟起嘴巴瞪著羅倫斯說：

「汝不是喜歡咱嗎？」

不管對方有再怎麼強力的武器，要是一直不停地遭到同樣的攻擊，總是能想出因應之道。

羅倫斯從正面注視赫蘿回答說：

「對啊。不過，我也喜歡錢。」

臉上瞬間失去表情的赫蘿，用力踩了羅倫斯的腳。

第一幕

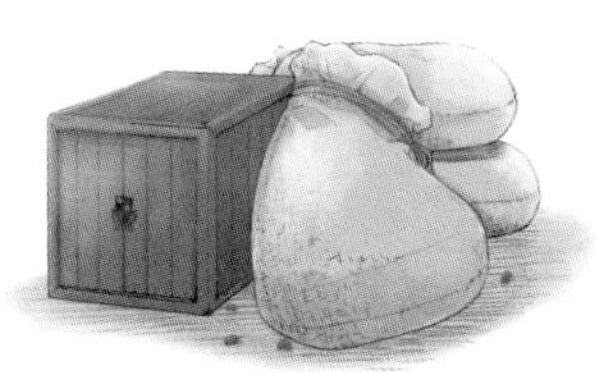

「喂！笨蛋！船頭給我縮進去！我的船可是載了義米朵拉產的白銀耶！」

「開什麼玩笑！是我的船先開出來的吧！你才給我縮進去！」

這般怒吼聲不斷在空中交錯，隨處可見船身互相碰撞，在河面濺起水花。

此刻雷諾斯的港口彷彿驚動了蜂窩似的亂成一團，才聽見像是吶喊聲、也像是臨終前的哀號聲響起，隨即傳來某物落入水中的聲音。

在這般混亂之中，不顧他人的怒吼及咒罵，爭先恐後出港的每一艘船，想必都載著皮草吧。

平時船上只會有一名划船手的船隻都僱用了幫手，以載運火速急件的速度前進。

無論在何時，所有貿易行為當中，能夠獲取最多利益的永遠是拔得頭籌的人，所以大家會爭先恐後地出港，也是理所當然的行為。

不過，羅倫斯用著冷漠的目光注視大家的奮鬥模樣。

因為他知道拔得頭籌的人，是以數千枚銀幣採買了皮草的沒落貴族。

「喏，別看傻了，還不快找船！」

「雖然現在還問有點晚，但是妳當真想搭船去嗎？」

照這般狀況看來，或許要有一點好運氣，才找得到願意載旅人的悠哉船隻。因為準備出港的船隻簡直就像螞蟻隊伍似的密密麻麻。

「是汝自己說坐馬車很花時間，太辛苦的唄。」

「話是這麼說沒錯啦……」

雖然從兩人的位置上看不清楚狀況，但是從港口駛出河川的位置時而會傳來高聲吆喝。

想必那是想要制止皮草外流的人們企圖封鎖港口吧。

「……」

「怎麼了？」

「咱感覺不到汝想搭船的決心。」

「沒有，沒那回事。」

聽到就是小孩子也聽得出來在扯謊的回答，赫蘿揚高一邊的眉毛瞪著羅倫斯說：

「既然這樣，還不趕緊找船。」

在這種狀況下，想找到能承載馬兒南下河川的船隻可說是天方夜譚。因為老早就預料到這件事，所以羅倫斯事先把馬兒寄放在所有馬匹已出租一空，呈現開店休業狀態的馬店。貨台則是在馬店老闆的牽線下，出租供人作為搬運港口貨物使用。

就算羅倫斯不是很想搭船，也不可能再駕駛馬車上路了。

由於港口城鎮凱爾貝勢必聚集了很多為了度冬停留，而閒得發慌的商人們，所以對羅倫斯而言，前往凱爾貝也不算是對生意毫無助益。

羅倫斯暗自嘀咕了句：「就認了吧。」

「知道了、知道了。我去找船，這些……妳拿去附近的攤販買食物，大概三天的份量就夠了，酒盡量買烈一點的。」

羅倫斯從荷包裡取出兩枚閃閃發亮的銀幣交給赫蘿說道。

「小麥麵包吶？」

對物價已有相當掌握的赫蘿，當然知道兩枚銀幣買不起小麥麵包。

「烤麵包前必須讓麵團充分發酵才烤得出好麵包。所以，用來買麵包的錢也是一樣的道理。」

「……」

在民宿交談時，赫蘿便早已對小麥麵包死了心。

雖然赫蘿一副心有不甘的模樣點了點頭，但其實她並沒有真的很不甘心的樣子。

所以，她立刻抬起頭問道：

「可是，為何要買烈酒？」

赫蘿似乎記得羅倫斯比較喜歡喝溫和一些的酒。就算不是前往裁縫成衣店或鞋店，當光顧商店時，如果發現店家記得自己的喜好，會是一件非常開心的事。

不過，羅倫斯當然沒有讓喜悅之情表現在臉上，他簡短地說：

「到時候妳就明白了。」

赫蘿聽了，先是一臉呆然，跟著不知會錯了什麼意，看似開心地拍打羅倫斯的手臂說：

「咱會好好殺價一番，然後買上等的酒回來。」

「不用買太多喔。」

「嗯，那等會兒在這裡會合就行？」

「嗯……痛！」

羅倫斯點頭點到一半時，弄疼了被伊弗打傷的臉頰。

想起自己紅得發紫的腫脹臉頰，羅倫斯想著該不該叫赫蘿去藥局調配軟膏給他擦，但瞥見赫蘿臉上的表情後，就改變了主意。

雖然赫蘿囉唆一大堆，但畢竟還是很擔心羅倫斯，所以他心想或許保持這樣就好了吧。

「……汝的想法全寫在臉上了。」

「因為我從小就被教導誠實是種美德。」

「汝真的這麼認為嗎？」

赫蘿臉上掛著刻意裝出來的笑容，傾著頭問道。

「沒有，感覺上，師父像是教了我誠實是愚鈍的。」

赫蘿用鼻子發出笑聲，以嘲弄的口吻說：

「就是因為太愚鈍了，咱才會老想捉弄汝。」

然後，赫蘿像在飛舞似地轉過身子，走向雜沓的人群。

羅倫斯聳聳肩嘆了口氣後，搔了搔頭。

他的嘴角之所以不由地上揚，當然是因為與赫蘿的這般互動很愉快。

但是，羅倫斯不禁心想。

真的沒辦法討回主導權了嗎？

如果是要討回被搶走的證書，羅倫斯自覺有自信討得回來。不過，這樣的想法或許是他不肯服輸的藉口吧。

——我喜歡妳——

明明沒多久前才說出這句話，羅倫斯卻覺得自己像是老早以前就已經對赫蘿說過。每每回想起來，他就有種難以言喻的痛苦感覺。

那是一種像是喘不過氣，又像是表情會不禁變得僵硬的感覺。

不過，羅倫斯並不討厭這種感覺。

他反而有種模糊無形的存在變得具體鮮明的安心感。

或許羅倫斯只是覺得有些，不，應該說相當難為情而已。

之所以感到有些後悔，是因為覺得自己輸了吧。

「到底是在比什麼東西啊？」

羅倫斯像在自嘲似地笑著說道，並看向赫蘿消失的方向。

他聳聳肩嘆了口氣後，往棧橋走去。

或許該說是幸運吧，羅倫斯居然很快就找到了船隻。

雖然港口被爭先恐後出港的船隻擠得水洩不通，但羅倫斯靜下心尋找後，發現也有很多如往常般裝載著貨物的船隻。他向其中一艘船的船主搭腔後，對方很爽快地就答應了。看見每艘船都忙得不可開交的樣子，羅倫斯原本還以為會被敲竹槓，結果對方卻報了很合理的價格。

雖然一聽見有女伴同行，已有些年紀的船主立刻露出意義深遠的表情，但羅倫斯當然佯裝沒發覺到。

他不禁覺得能夠理解伊弗為何會遮住臉孔，隱瞞自己是女性，並且埋頭於做生意了。

「不過，你要去凱爾貝做什麼啊？都這個季節了，現在去到那裡，也不會遇到什麼船隻出港喔。」

船主有個羅倫斯不太常聽到的名字——伊本．拉古薩，他來自從西邊海岸線往北方走的地區，可說出生於名副其實的清寒村落。

提到北方人，總給人擁有結實身軀、被雪地反射的陽光曬得黝黑的面容，還有沉默寡言、目光銳利的印象，但拉古薩卻擁有肥胖的身形、宏亮的聲音，還有不知道是不是因為太愛喝酒而泛紅的臉。

「不例外的，也是有關皮草的事情。」

「喔？」

拉古薩從頭到腳瞄了羅倫斯一遍後，把幾乎陷進肩膀裡的脖子歪向一邊說：

「你的樣子不像有帶貨物啊。」

「因為生意夥伴丟下了我。」

一看見羅倫斯指向自己的紅腫臉頰，拉古薩大笑不已，他笑開了的臉簡直跟隻河豚沒兩樣。

拉古薩一邊說「這種事情難免啦」，一邊拍了拍羅倫斯肩膀後詢問：「那你的同伴呢？」

「她去買食物——」

說著，羅倫斯正打算回頭看向攤販林立的城鎮方向，那瞬間他感覺到身旁有動靜，於是看向身旁。

在羅倫斯身邊，正站著彷彿已經陪在他身旁好幾十年的赫蘿。

「就是她。」

「喔！這可真是上等的貨物啊！」

一看見赫蘿，拉古薩立刻拍手大聲叫道。因為他的聲音太宏亮，赫蘿吃驚地縮了一下脖子。跑船人多半都是大嗓門。

赫蘿的好耳力就連人們皺眉的聲音都聽得見，對她來說，拉古薩的大嗓門或許有點難受吧。

「她的名字是？」

大概以為羅倫斯兩人是夫妻，拉古薩沒有直接詢問赫蘿，而是詢問羅倫斯。

看來，拉古薩至少不會像某處的兌換商一樣，突然就向赫蘿示愛。

赫蘿肩上掛著裝了麵包和其他食物的袋子，懷裡抱著小桶子。她仰頭看向羅倫斯，模樣就像個外出跑腿的見習修女。

在他人面前，赫蘿總會做面子給羅倫斯。這也是羅倫斯每次遭到赫蘿捉弄，仍無法生氣的原因之一吧。

「她叫赫蘿。」

「喔～好名字！多多指教啦！我是人稱羅姆河之主的拉古薩。」

不管任何時候，在美女面前，男人總是愛面子。

以年紀來看，拉古薩就算有跟赫蘿一樣年紀的女兒也不足為奇。這樣的拉古薩挺起胸膛自誇著，伸出長滿了繭的厚實手掌。

「不過，這樣子我們這趟南下之旅算是有了保障。」

「怎麼說呢?」

拉古薩露出牙齒,咧嘴哈哈大笑,一邊拍打赫蘿纖細的肩膀,一邊說:

「因為掛在船頭,用來祈求航行平安的大多是美女啊!」

在長途貿易船的船頭,確實都掛著象徵女性的雕像。

那些雕像時而是象徵異教女神的雕像,時而是教會歷史上被列為聖人的女性雕像。感覺上,女性確實比較像是守護船隻的存在,而船名也以女性名字居多。

只是,如果是陸地上的旅途,赫蘿或許是最適合祈禱平安的存在,但如果是在水上的船旅,原形是隻狼的赫蘿恐怕就有些不可靠了。

而且,羅倫斯不禁想像起赫蘿以狗爬式游泳的畫面,險些笑了出來。

「那麼,準備好了嗎?雖然我們的船跟其他那些想靠著皮草撈一筆的船不一樣,不過船上載了急件。」

「喔,沒問題的,食物都買到了吧?」

聽到羅倫斯的詢問,赫蘿輕輕點了點頭。

羅倫斯不禁心想,明明是隻狼,卻很會偽裝成溫馴的小貓。

「請兩位隨便找空位坐下來吧,到站付費就行了。」

拉古薩不要求先付費的習慣,是因為船隻四周被水包圍,就算想要搭霸王船也很難。

「哎呀，你們就當自己搭上了大船，放一百個心吧。」

拉古薩接著說出的這句話，以及大笑的模樣也是所有跑船人的共通點。

以載著貨物在河川北上南下的船隻來說，拉古薩的船或許算小。他的船沒有船帆、船底平坦，但船身卻顯得細長。如果船身再細窄一些，或許就會看見技術不到家的船夫翻船。

船中央堆著可以完全裝下赫蘿的大麻袋，高度約及赫蘿腰部；小麥和豆子從袋口溢出，麻袋的內容物一目瞭然。

然後，在這些堆高如山的麻袋旁邊，也就是比較靠近船尾的位置，放了幾只木箱。因為不能擅自打開木箱確認，所以羅倫斯無法得知木箱裡裝了什麼，但是從箱上看似徽章的烙印，以及木箱大小統一的地方看來，不難猜出裡頭裝了昂貴物品。拉古薩指的急件，無疑就是這些木箱。身為商人的習性使得羅倫斯不能不去在意木箱的內容物。

如果這些木箱是從河川上游運下來，就有可能是來自銀山或銅山的金屬塊，或是在礦山附近鑄造、作為出口用的小額貨幣。如果是錫或鐵，就不會如此慎重地放進木箱；如果是寶石，沒有任何護衛就太奇怪了。

以船隻整體容積來看，承載貨物量之所以顯得少，想必是河水減少的緣故吧。
每當這個季節來到時，不僅雨水會減少，在源流的山頭，河川也會因為降雪而凍結。由於河水量因而減少，所以如果載了太多貨物，很容易發生擱淺意外。就跟馬車車輪在雨天容易陷入泥濘之中一樣，船隻擱淺也是理所當然的事。萬一擱淺，最慘的狀況就是不得不把貨物丟進河中，而且更糟糕的是會阻礙其他船隻往返，所以擱淺可謂攸關船員名譽的大事。
據說長年在同一條河川行船的船夫當中，有著不論河川處於何種狀況，都能閉著眼睛掌舵的高手。
不知道拉古薩的技巧是否也如此高明。
羅倫斯一邊想著這些事情，一邊在船頭附近找了空位坐下，並放下背在肩上的棉被與行李。港口的河面像喝醉酒似的掀起陣陣波浪，使得船身不停地微微晃動。這久違的晃動感覺讓羅倫斯感到有些懷念，臉上不禁也掛起了苦笑。他想起從前第一次搭船時，因為一直擔心著不知道什麼時候會翻船，而緊抓著船緣不敢鬆手。
羅倫斯會有這樣的反應，似乎不是因為他的膽子特別小。
看見赫蘿難得露出認真的表情，一副戰戰兢兢的模樣在自己身邊坐下，羅倫斯不由地笑了出來。坐了下來的赫蘿放下懷裡的酒桶以及肩上散發香味的袋子後，總算察覺到羅倫斯的目光。她瞪視羅倫斯說：

「汝竟敢取笑咱？」

「我只是在想，我以前也跟妳一樣提心吊膽的。」

「唔……咱不是怕水……只是晃個不停的，還是會覺得可怕。」

赫蘿這麼輕易就承認自己害怕，讓羅倫斯感到意外。

看見羅倫斯吃驚的模樣，赫蘿有些不高興地嘟起嘴巴說：

「咱願意暴露弱點，是因為信任汝，汝竟然……」

「妳的尖牙露出來了。」

聽到羅倫斯這麼指摘，赫蘿遮住嘴邊，一副壞心眼的模樣笑笑。羅倫斯相信赫蘿是真心覺得害怕，但也知道她是刻意說出口。

真搞不懂她是直率，還是不直率。

就在羅倫斯這麼想著的瞬間，赫蘿忽然站起身子。

「糟糕，咱不能跟汝太親密吶。」

說著，赫蘿一副悲傷模樣別過臉去。赫蘿說過就算再怎麼愉快的事情，要是反覆做了太多次，就會變成習慣，那份感動也會漸漸淡去，這讓她感到害怕。羅倫斯瞬間感覺到像是被火燙傷似的驚訝。

不過，羅倫斯立刻改變了想法，他心想赫蘿此刻只是在開玩笑而已。

即使沒有以言語確認，也能夠知道兩人之間必須迴避什麼話題。如果是在不知道陷阱設在何處的情況下，當然會害怕得連路都不太敢走，但只要事先掌握到懸崖的位置，就能很自在地在那附近散步。

赫蘿之所以會刻意說出應該迴避的話題，並非想警惕自己，也不是想喚起羅倫斯的注意。

不如說她根本是為了相反的目的吧。

既然兩人已約定好要以笑臉迎接旅行結束的一天，那就沒什麼好害怕的了。

所以，羅倫斯平靜地回答說：

「這簡直就像戲曲裡會出現的台詞。」

而且還是那種描寫禁忌之愛的戲曲——羅倫斯到底不敢這麼接著說下去，所以只在心底低聲說道。

他絲毫不慌張的反應似乎讓另一方的赫蘿感到無趣，很快地死了心，回頭看向羅倫斯說：

「……汝好歹也配合一下咱唄？」

「如果妳的表情能正經一點，我就配合。」

原本垂著頭抬高視線、一副寂寞表情的赫蘿先是發出一陣咯咯笑聲，跟著咋了一下舌。

羅倫斯一副受不了赫蘿的模樣笑了出來，心想：真是隻表情變化多端的狼。

隔沒多久，隨著響亮的腳步聲傳來，拉古薩從棧橋跑了過來，然後用宏亮的聲音大喊：

「好了，我們差不多該出港了！」

拉古薩動作俐落地解開綁在棧橋上的繩索，把繩索丟上船後，像個小孩子跳進河中般躍上船隻，那真是會讓人直喊大事不妙的狀況。就算想奉承，拉古薩的身材也難以用纖細來形容，他如此大動作地跳上船，船身當然會隨之搖晃。在大幅度晃動後，彷彿就快沉船似的傾了一邊。晃了這麼大一下，就連羅倫斯也當真捏了把冷汗。說到赫蘿，那更是一副不能再認真的表情僵著身子。

赫蘿的手緊緊抓住羅倫斯的衣角，看得出來她是真的感到害怕。

「兩位就睜大眼睛，好好欣賞我這世界第一的駕船功夫吧！」

隨著氣勢盛大的呼聲響起，拉古薩撐起篙頂住河底，漲紅原本就已經夠紅的臉龐使勁出力。

儘管呼聲氣勢盛大，卻有好一會兒時間都不見船身有任何動靜。但不久後，船尾緩緩離開棧橋，拉古薩輕舉篙，稍微換個方向後，再次用它頂住河底。

船上的貨物如果改由馬車來載，恐怕要四匹馬才拉得動，但現在卻能憑著一個人的力量讓船身前進。

雖然人們會說船夫多是愛說大話的人，但羅倫斯不禁覺得這也無可厚非。

畢竟這艘船是靠著拉古薩獨自一人的力量在移動。

最後船隻終於離開棧橋，在拉古薩的撐篙本事下，船隻駛向延伸至河川的航路。

雖然港口依然可見大量船隻不停穿梭，但很不可思議的，拉古薩的船不曾撞上其他船隻，順利地在掀起陣陣波浪的水面滑動。

不管是擦身而過或是超前而去的船隻，拉古薩幾乎都熟識，他一邊輕鬆地與對方互打招呼，時而還會罵上幾句粗話，一邊反覆撐起篙，再頂住河底的動作。

船隻的速度慢慢加快，細長的船身也逐漸增加了穩定性，最後終於來到港灣出口。

為了阻止皮草流出，而從城裡來到港口的數人團體突破士兵的封鎖線，爬上位於河川與港口交界處的木造監視塔臺最高處，不停咒罵著行船前進的人們。

盛衰榮枯本來就是自古反覆上演的戲碼。

這時，身穿鎖子甲、頭戴鐵盔的一團人馬來到塔臺入口處。他們一定是臨時受到僱用的騎士或傭兵吧。

當羅倫斯兩人搭乘的船隻繞了一圈繞過塔臺，即將駛出河川時，站在塔臺最高處不停咒罵的人們轉眼間就被制服了。雖然羅倫斯沒有同情他們的意思，但他也暗自祈禱至少不要有人因此喪命才是。

不過，望著眼前的這般事態，羅倫斯的腦海裡不禁模糊地浮現出在雷諾斯發生的一切，又隨即消失。

就像眼前的人們正經歷著重大事件一般，羅倫斯方才也剛剛經歷過人生的重大插曲。

當聽到赫蘿提出要結束旅行的想法時，羅倫斯真的很震驚，而赫蘿的理由也同樣教他震驚。

雖然最後好像是羅倫斯任性地堅持不要結束旅行，但他相信赫蘿一定也渴望這樣的結果。

這麼一想後，羅倫斯決定要對因為不習慣搭船，而顯得有些怯弱的赫蘿溫柔一些。

然而，他每次湧起的親切心總是徒勞無功。

赫蘿不知何時已經重新振作了起來，儘管依然抓著羅倫斯的衣角，她卻早已忘了恐懼，一副興致勃勃的表情注視著船隻前方。

那專注的側臉就跟少年沒什麼兩樣。

「嗯？」

這時，忽然察覺到羅倫斯視線的赫蘿這麼說，同時傾著頭仰望羅倫斯。

這是赫蘿充分掌握到自己在他人眼中是什麼模樣、經過綿密設想的舉動。

羅倫斯一副感到掃興般的轉頭看著與赫蘿相反的方向，望著逐漸遠去的雷諾斯城景。

他聽見身後傳來咯咯笑聲。

赫蘿鬆開抓住羅倫斯衣角的手，一副難為情的模樣說：

「汝的溫柔太可怕了吶。」

赫蘿縮起脖子看似開心地露出笑容，白色氣息從她嘴邊飄向後方。看見赫蘿有如小惡魔般的模樣，就算羅倫斯起了想要拔她尾巴毛的念頭，也不能怪他吧。

但是，河上是如此地寒冷，怎麼能夠失去赫蘿的尾巴呢。

羅倫斯緩緩反駁說：

「妳的笑臉才讓我覺得可怕呢。」

「大笨驢。」

赫蘿看似愉快的笑臉在帽子底下閃閃發光。

流經雷諾斯邊緣、從東邊朝西邊無限延伸的羅姆河，也不例外的是一條緩緩流過草原之間、沒有什麼特殊之處的河川。

在春季或初夏等水量較多的季節裡，或許還能夠目睹宛如巨大蟒蛇爬行般的成列木材，順著河川往下游流去的盛況。但現在，頂多只看得見守規矩地前後排列著的船隻。

除此之外，就只有在河邊飲水的羊群，和順著河川行走的旅人們，或是從頭上緩緩飄過的白雲了。

雖然好奇心旺盛，但也容易生厭的赫蘿一副厭倦的表情倚著船身，讓下巴頂著船緣，時而還會伸手觸摸水面，跟著嘆口氣。四周的景色如此平凡無奇，也難怪赫蘿會這樣了。

「真無聊吶。」

赫蘿簡短嘀咕一聲，吵醒了與她裹著一床棉被、正在打瞌睡的羅倫斯。羅倫斯一邊打哈欠，一邊伸懶腰說：

「哈啊……不用握著韁繩，真是輕鬆啊。」

搭船不用留意路上到處都有的坑洞，也不用擔心老鷹或鳶會飛來攻擊裝載的貨物。

更大的好處是，不用一大清早明明很睏，還非得揉著眼睛獨自起床；就算身旁傳來打呼聲，心情也絕對不會因此變得浮躁。

雖然搭船的好處多得讓羅倫斯甚至希望將來能夠一直搭船旅行，但坐在馬車上，就已經閒得發慌的赫蘿似乎有所不滿。她舉起劃開如鏡子般水面的手甩了甩，讓水珠飛濺到羅倫斯身上。

冬天裡的河水冰冷透頂。

看見羅倫斯皺起眉頭，赫蘿轉身用背部靠著船緣，把原本放在羅倫斯腳上的尾巴拉近手邊。

拉古薩在裝載貨物的後方打著盹，所以也不會讓人特別在意。

「妳可以試著數羊啊，數著數著就會想睡覺了。」

「咱一直到剛剛都還在數羊，可是數到第七十二隻時，就覺得膩了。」

赫蘿先用手指唰唰地梳理大略梳過一次的尾巴，跟著拔起纏在一塊的毛團和髒東西。

她每做一次動作，就會有跳蚤在尾巴上面跳來跳去。雖然跳蚤讓羅倫斯感到在意，但他也無計可施。

他曾聽說在夏天時，人們晚上還真的會被跳蚤或蝨子跳來跳去的聲音吵得睡不著覺。

「而且，一直數羊數得咱肚子都餓了。」

「這樣就不好了，還是不要數吧。」

赫蘿聽了，抓起跳蚤丟向羅倫斯。

羅倫斯心想，反正都睡同一床棉被，丟不丟還不都一樣。

「可是吶……」

說著，赫蘿抱起尾巴把臉埋進蓬鬆的毛髮之中，一邊用嘴巴梳理毛髮，一邊開口：

「南下河川、把那隻狐狸教訓一頓後，咱們再來要做什麼吶？」

儘管一邊說話，赫蘿卻也很有技巧地梳理了毛髮。不過，當她說完話、從尾巴挪開嘴巴時，嘴巴四周沾滿了毛髮。看這樣子，到了初春可能會掉落大量的毛。

羅倫斯一邊這麼想著，一邊協助赫蘿除去她自己用手揮了好幾次，也揮不乾淨的毛髮。

「喂，不要亂動……在那之後啊……」

「嗯，在那之後？」

赫蘿一邊瞇起眼睛讓羅倫斯替她除毛，一邊用著像在撒嬌的口吻說道。雖然羅倫斯知道她應該是故意在撒嬌，但他覺得赫蘿的模樣與其說是想捉弄他，不如說更像不想看見鋼索底下的危險光景，因而別開視線。

在雷諾斯城裡，赫蘿與羅倫斯針對兩人能做的事情、不能做的事情，以及最佳解決方案為何，做出了結論。

在這個結論裡，並沒有包含「在那之後」的答案。

「我想那邊的食物和娛樂都很充裕，所以也可以一直等到山上的積雪融化、等待春天到來。如果真的急，就調度馬兒折返雷諾斯，然後北上。」

「樂耶夫的深山，是唄？」

那是赫蘿走來的方向。

路程想必不會超過一個月，若是認真加把勁，或許不用幾天就能夠走完到樂耶夫的旅途。

赫蘿再明顯不過地，用著像個少女般的舉止抓起自己尾巴的毛。

就算羅倫斯再怎麼遲鈍，現在也已學會觀察赫蘿的心聲。

赫蘿是在等待羅倫斯扯謊。

「不過，山上也開始有人們居住，深山裡的樣子應該都變了吧。就算順著樂耶夫河往上爬，還是有可能迷路。」

「……嗯？」

羅倫斯一邊暗自嘀咕「真是隻麻煩的賢狼」，一邊幫赫蘿取下沾在嘴角的深褐色毛髮後，接續說：

「只要到了紐希拉，妳就認得路吧？從雷諾斯到紐希拉，大概要花上十天。因為我們不等春天後再出發，為了避免危險，必須盡量選擇會經過村落或城鎮的路線，所以要花上二十天。」

說著，羅倫斯試著屈指數一數後，變得不確定這樣的天數是長還是短了。

縮短停留時間，趕下一個路程。

或許在行商旅途上，羅倫斯一直都是這麼督促自己，所以即便不確定天數是長或短，如此從容的行程安排還是讓他有種近似罪惡感的感覺。行商時，賣出商品所得的金額中有五成是關稅、三成是餐費和住宿費等旅費、兩成是利潤，而從容的行程安排就等於旅費支出會增加，這不是罪惡是什麼？

然而，等到走完這從容的行程後，一定又會覺得行程短暫得教人心生後悔吧。

羅倫斯望著數到一半停了下來的手指，陷入了思考。

沒辦法讓手指多數幾天了嗎？

「到了紐希拉後，悠哉泡湯十天。」

赫蘿伸出手扳著羅倫斯的手指說道。

兩人手掌相疊的模樣，就像夫妻在為彼此凍僵了的手取暖。

羅倫斯緩和了表情，心裡也確實感受到了溫暖。

赫蘿抬起頭，面帶微笑地看著羅倫斯。

羅倫斯不禁心想，好可怕的笑臉啊。

在紐希拉停留十天，這確實是能夠讓人放鬆表情、溫暖到心窩的提議。

羅倫斯想都不敢想在溫泉地停留十天，有可能支出多少費用。敲觀光客竹槓的住宿費，難吃又昂貴的差勁餐食，貴得嚇死人的純水，加上散發異味又淡薄的酒。如果泡了得支付泡湯稅的強效溫泉，還必須一天接受醫生看診兩次。難怪人們會說，泡湯就像在泡錢。

即便如此，羅倫斯當然還是不能否定赫蘿在這個時候說出的這般提議。

世上還有誰比賢狼狡猾呢？

在這樣的狀況下，羅倫斯當然只能咬緊牙根告訴自己：「真是溫暖到心窩的提議啊。」

赫蘿把相疊的手掌拉近自己，用臉頰輕輕磨蹭羅倫斯的手，壞心眼地這麼說。

「看汝那表情，是偷偷在算錢唄？」

她的尾巴像在挑釁似的左右甩著。

羅倫斯不禁湧起一股想要索性抓起赫蘿的尾巴，用臉頰磨蹭個夠的衝動。

「咱之前去到紐希拉時，就看見人類在泡湯，咱時而也會以人類的模樣下去泡湯。所以，咱多多少少知道狀況。不過，咱可是約伊茲的賢狼吶。如果能找到沒人去的地方，只需要比平時多花費一些餐費而已唄？」

雖然赫蘿說的確實沒錯，但是紐希拉擁有名為溫泉的奇蹟，那裡聚集著希望能夠多活一分一秒、獲得不死之身的人們。

因為這些人幾乎都是以巡禮的名義前往泡湯，所以人們認為吃越多的苦，泡湯就越有效用；能夠在會讓人們忍不住想說「世上怎麼會有這種地方」的偏僻場所找到溫泉，已經演變成一種名譽了。

在這樣的背景下，赫蘿是否真有辦法找到不為人知的溫泉，這點讓羅倫斯感到十分懷疑。不過，羅倫斯十分篤定一點。

那就是赫蘿剛剛說的「只需要比平時多花費一些餐費而已」，絕對不可能只是「一些餐費」而已。

「每次妳要求幫妳多加一些餐費，我的夢想就會離我更遠一些。」

如果羅倫斯不先這麼叮嚀，誰知道赫蘿又會提出什麼要求。

雖然赫蘿聽了，立刻露出彷彿在說「膽子不小啊」似的表情，但羅倫斯沒有讓步。

就算曾經對赫蘿告白，而完完全全處於下風，羅倫斯在金錢方面還是不會退讓。

「咱是可以說出很多話語來捉弄汝，不過在那之前……」

赫蘿輕輕咳了一聲後，甩動尾巴發出「啪唰」一聲說：

「汝不是捨棄了擁有商店的夢想，前來接咱嗎？」

赫蘿垂著頭抬高視線，朝羅倫斯投來試探的目光。

她的薄薄雙唇吐出白色氣息，琥珀色的眼睛在那後方散發著光芒。

「我只是暫時捨棄夢想而已，並沒有放棄夢想的意思。」

赫蘿一副彷彿在說「別想拿這樣的藉口搪塞我」似的用力嘆了口氣。

而且，事實上，羅倫斯給的答案確實有幾分不真實。

能夠輕鬆看穿人類謊言的赫蘿早已識破他的謊言，這點羅倫斯當然明白，所以他決定在被赫蘿指摘前，先老實招供說：

「不過嘛，我是有些真心想要捨棄夢想。」

「總喜歡說一些含糊的話語，為自己留下後路，是商人的本性嗎？」

聽到赫蘿一副難以置信的模樣說道，羅倫斯改口說：「我是真心想要捨棄夢想。」

「既然這樣，做些奢侈的消費也無妨吧。不過，在討論這個之前，咱想先聽聽汝捨棄夢想的理由。」

雖然羅倫斯苦惱著該不該說「為了得到可貴的幸福」，但後來聳了聳肩回答說：

「因為我想到擁有商店後，做生意的樂趣一定會減半。」

「……嗯？」

「擁有商店的夢想越來越真實後，我突然覺得很茫然。我想到擁有商店後，就不能繼續在外冒險了。」

當商人的嗅覺告訴自己有賺錢機會時，羅倫斯當然還是會被吸引過去。

只是，現在的他已經不再抱有以賺錢為第一優先——為了賺錢，就算身陷狂風暴雨之中，也會勇往直前、絕不迷失方向——的想法。

現在的他有種一旦夢想到手後，似乎會很可惜的感覺。

正因為那是他一路追求的目標，是他拚命邁進的目標，所以才會覺得可惜。

赫蘿收起前一刻還充滿開玩笑意味的表情，然後喃喃應了聲：「嗯。」

赫蘿因為長壽，所以害怕再愉快的事情，也會有變得無趣的一天，這樣的她應該能夠體會羅倫斯的感覺。

「不過，正因為是長年懷抱的夢想，所以才會有這種想法，這點我希望妳也能夠為我斟酌一下。如果能夠擁有商店，當然不可能不高興啊。」

赫蘿緩緩點了點頭。然而，她露出有些困惑的表情說：

「那……嗯，那可真是場災難吶。」

「嗯……嗯？災難？」

聽到赫蘿完全讓人搞不懂意思的發言，羅倫斯注視著她反問道。赫蘿一副「不是災難是什麼？」的表情說：

「不是嗎？先不說理由是什麼，不過汝似乎是頗真心地捨棄了夢想，才會前來接咱。嗯。見到這狀況，就算想出『逐二兔不得一兔』這句話的人，也會不由地聳聳肩膀唄？」

儘管感覺得到自己半開著嘴巴，羅倫斯卻只顧著動腦思考，連閉上嘴巴的念頭都沒有。

無論思考了多少遍，赫蘿話中指出的事實似乎都只有一個。

她的意思是羅倫斯放棄一隻兔子，想改抓另一隻，結果卻什麼也沒到手。

羅倫斯的心頭湧起一股厭惡感，彷彿弄丟了荷包似的。

就算是開玩笑，也不想聽到這種話。

這麼想著的羅倫斯先別開了臉，跟著再次看向赫蘿，結果看見她露出一副像在同情病人似的表情說：

「汝啊，沒事唄？振作一些，好嗎？誰叫汝什麼都沒到手，不是嗎？」

羅倫斯不確定自己是感到氣憤，還是悲傷，亦或其他什麼情緒。

就在羅倫斯甚至覺得赫蘿是不是說了異國語言的瞬間，赫蘿緩緩揚起嘴角兩端，壞心眼地吐了一下舌頭。

「呵。汝又沒有對咱伸出魔掌，不是嗎？沒有伸出魔掌，卻想得到手，汝到底想用哪種不可思議的方法吶？」

羅倫斯從來沒有這麼想把赫蘿的頭浸到水中。

讓他這麼想的主要原因，就是被赫蘿看見自己最不想讓人看見的表情。

「呵呵呵。不過，所謂佔地盤，也不是實際拿繩子把地盤圍起來。怎麼看待這方面，就看汝自己喏。」

赫蘿讓身子湊近羅倫斯，像是狼倚靠在狼身上似的仰頭說道。

她吐出的白色氣息拂過羅倫斯的頸部。

羅倫斯心想，現在一定不能看赫蘿，否則就輸了。

不過，他也明白自己會有這樣的想法，就表示已經輸了。

「不過，咱也不希望見到汝是真心想要放棄夢想。而且，因為擁有商店而感到滿足後，接下來還可以收徒弟，不是嗎？收徒弟是一門很深奧的學問，收了徒弟後，想要過安穩閑逸的日子還早吶。」

赫蘿說罷，一邊哈哈大笑，一邊挪開頭。

羅倫斯此刻的心情就像身上的肉被啃得精光，只剩下骨頭的魚。

事到如今，就算試圖掙扎，事態也不會好轉。

於是羅倫斯深呼吸一次，想讓自己至少不要再多出糗。

赫蘿一副像是在享受餘韻樂趣似的模樣靜靜地笑著。

「不過，妳以前收過徒弟啊？」

雖然羅倫斯說話的音調顯得有些僵硬，但是赫蘿沒有攻擊這點。

「唔？嗯，咱可是約伊茲的賢狼吶，求咱收徒弟的傢伙多的不得了。」

「真的啊。」

羅倫斯不禁忘了與赫蘿方才的互動，感到佩服地直率說道。

他的發言似乎讓赫蘿感到很意外，突然靦腆了起來。

或許赫蘿是因為捉弄羅倫斯捉弄得太順利，所以刻意說出誇張的事情，試圖緩和一下氣氛。

「不過，那些傢伙稱不稱得上徒弟，很教人懷疑就是了……至少，那些傢伙好像是以徒弟自稱的唄。總而言之吶，咱在那些傢伙之中，是地位最高的存在。像汝這般新來的傢伙想求咱傳授智慧，嗯，至少得排在一百人之後唄。」

儘管赫蘿一改表情，滿臉得意地說道，羅倫斯卻無法像平時一樣笑看她自誇的模樣。

因為他仔細一想後，發現赫蘿確實是如此偉大的存在。

只是，儘管明白赫蘿身上理應散發著威嚴感，但羅倫斯就是覺得不對勁，因為他腦中有太多與赫蘿的回憶。

回憶裡有哭泣、歡笑、生氣，或是愛鬧彆扭的赫蘿，到現在才說這樣的赫蘿是天上雲朵般的遙遠存在，當然不可能切身感受得到了。

就在羅倫斯這麼想著時，赫蘿臉上浮現柔和的笑容，握住他的手說：

「當然吶，畢竟汝是個非但沒要求咱傳授智慧，還拚命想從咱身上討回主導權的罕見大笨驢。雖然汝討回主導權的可能性是零，但無庸置疑地，汝的視線確實與咱看著同樣高度的景物。一直以來，咱都是一個人站在山頂上，咱已經不想再看見有人從下方仰望咱了。」

被視為神明、受人崇拜是一件會讓人變得孤獨的事情。

羅倫斯想起與赫蘿初相遇時，她說過是為了尋找朋友而踏上旅途。

赫蘿臉上依然掛著笑容，但是那笑容顯得有些落寞。

「咕，汝不是來接咱了嗎？」

雖然聽到赫蘿說出捉弄人的話語，但看見她露出的落寞笑容，羅倫斯並不覺得被捉弄了。

看見臉上反而浮現苦笑的羅倫斯，赫蘿露出不悅的表情。

羅倫斯搭著赫蘿的肩膀抱緊她後，赫蘿在他的懷裡輕輕嘆了口氣。

他感覺得到那是感到滿足的嘆息聲。

「現在能夠……」

說著，赫蘿再次緩緩轉動上半身，她的視線正好從下往上與羅倫斯互看。

「像這樣從下方抬頭看著汝，咱非常非常地開心。」

赫蘿就近在眼前，並且像個可愛少女般低著頭抬高視線地注視羅倫斯。

雖然很習慣與赫蘿的互動，但就是這點，羅倫斯老是習慣不了。

「妳從那裡抬頭看到的，應該是很蠢的表情吧。」

所以，羅倫斯扳著臉這麼回答。狼少女聽了，一副很滿意的模樣讓身子挨近羅倫斯。

赫蘿每興奮地甩動尾巴一次，就會看見跳蚤彷彿在說「尾巴搖來晃去的，誰還待得住啊！」似的跳了出來。「這也難怪吧。」羅倫斯在心中嘀咕完後，突然感覺到胸口一陣溫暖，赫蘿保持臉部貼著羅倫斯胸口的姿勢笑了。

羅倫斯也笑了。的確，就算是再怎麼忠實的徒弟，如果看見羅倫斯與赫蘿的這般愚蠢互動，想必也叫不出師父來吧。

不過，既然這是赫蘿渴望的關係，也只能這樣吧。

羅倫斯在心中這麼說，為自己找了個藉口。

羅倫斯才聽見裝載貨物後方忽然有動靜，就看見可能是趴在胳膊上睡覺，臉頰上留有明顯奇怪睡痕的拉古薩伸了一個大懶腰。

拉古薩先與羅倫斯對上視線後，看了倚在羅倫斯身上睡覺的赫蘿一眼，跟著露出不懷好意的笑容，打了一個大哈欠。

然後，拉古薩指了指船隻前方。羅倫斯朝著拉古薩指的方向看去，看見了橫跨河川兩岸的棧橋。那是即使選擇走過野原或山頭的馬車之旅，也迴避不了的關稅徵收所。

船隻與前方的關稅徵收所之間明明還有一段距離，打著瞌睡的拉古薩卻能夠憑經驗得知距離將近。據說在海上行船的船員並非以陸地某處為路標，而是靠著大海的味道就能夠得知自己的位置，想必拉古薩也是如此吧。就在羅倫斯這麼想著時，用篙頂住河底的拉古薩突然大聲說話，嚇醒了睡得正舒服的赫蘿。

「前方是最近剛改朝換代的狄珍公爵關卡，我會把人頭稅算進乘船費裡頭！最近公爵似乎非常熱衷於獵鹿，關稅高得嚇死人！」

不明白獵鹿與關稅高低有什麼關聯的羅倫斯反問了拉古薩後，拉古薩笑著回答：

「雖然不曾上過戰場，但是公爵自認擁有世界第一的箭術。也就是說，他認為自己射出的每一根箭矢都能夠射中鹿。」

雖然陪同公爵狩獵的家臣們的辛勞令人同情，但是對住在鄰近地區、必須事前為公爵打下獵物的獵人們來說，想必會是個好工作吧。

羅倫斯想像中的狄珍公爵，不知不覺就變成城裡小丑會扮演的那種不知世事、長得白白胖胖、有一頭捲髮的領主模樣，他為此忍不住輕輕笑了一下。

「原來如此，那還真是苦了莊園的人。」

「事情還沒結束呢。後來啊，公爵也熱衷於如何射中看上眼的公主芳心。不過，聽說他最近開始認清自己在這方面的箭術實力就是了。」

很多時候，老是喜歡使喚人的領主儘管會遭人抱怨來、抱怨去，卻也頗受人民愛戴。

因為一個不知世事又自大的領主雖然惹人厭，但是當這個領主做了一些少根筋的舉動後，人們反而會突然覺得他挺可愛的。「領主」這行業往往不容易經營，所以就算是個願意聆聽人民意見、個性嚴謹認真的領主，也很難受到人民愛戴。

雖然拉古薩的口吻聽來像是很瞧不起公爵，但是從他準備拿錢支付關稅的模樣看來，也不像是心不甘情不願的樣子。

倘若這一帶領土不幸陷入戰爭，這位少根筋、被人當成傻瓜的狄珍公爵要是勇敢地拔劍走上前線，或許當地人民會比任何地方的人民都更願意追隨而去吧。比起站在高位不時發出命令，不如讓人民覺得如果少了他們，自己什麼也做不好，這樣的領主作風反而比較好。

羅倫斯這麼想著，忽然察覺到自己身邊好像也發生過類似的事情，於是看向身旁的赫蘿。

「汝想說什麼嗎？」

「沒、沒有啊。」

拉古薩緩緩放慢了速度，讓船隻慢慢接近已經有一艘船隻停靠的棧橋。

然而，就算不是對這條河川瞭若指掌、彷彿河裡有幾條魚都一清二楚似的拉古薩，羅倫斯也看得出來棧橋上的狀況並不尋常。

一名手持長槍的士兵與某人在上頭爭執。

雖然羅倫斯不知道兩人在說些什麼，但至少看得出來有一方正大聲怒罵。

在拉古薩的船隻前方，那位操著船前進的船主也站起身子，一副不明所以的模樣拉長脖子望著棧橋的方向。

「起爭執啊，還真是少見。」

拉古薩用手擋著陽光，悠悠哉哉地說。

「對方會不會是在抗議稅金太高？」

「不可能啦！只有從海上來的傢伙，才會忿忿不平地抗議稅金太高。因為他們不但得花錢租來馬匹把船隻拉上上游，最後還要被徵收裝載貨物的稅金。」

望著一邊遮住尖牙一邊打哈欠的赫蘿，羅倫斯在動腦思考一會兒後，發覺有些不對勁。

「可是，無論是從海上來的船隻，還是從上游來的船隻都要繳稅吧？」

羅倫斯見到赫蘿用他的衣服擦拭眼角的淚水，輕輕頂了一下她的頭。拉古薩聽了，拉起篙大笑說：

「對我們這種靠河川吃飯的人來說，河川就是我們的房子啊。租房子來住，當然要付房租囉。可是，對海上的那些傢伙來說，河川不過是條道路罷了。如果在城裡每次走在路上都要付錢，當然會生氣吧。」

「原來如此。」羅倫斯一邊點點頭說道，一邊心想：原來也有這樣的想法。

然後，就在與拉古薩對話之間，關卡全貌已經呈現在羅倫斯眼前。

在棧橋上與士兵起爭執的似乎是一名少年。

少年大聲怒罵著。

他的肩膀上下晃動，口中吐出如白色煙霧般的氣息。

「可是，這上面不是確實蓋了公爵的印信嗎!?」

少年的聲音聽起來，像是已過了變聲期，又像是還沒有。

讓人判斷不出是否過了變聲期的少年確實還很年輕。

年紀差不多只有十二、三歲的少年，有著一頭看起來像灰色的蓬亂頭髮，髒兮兮的臉孔不知道是沾滿了泥巴還是塵垢。少年的身材之瘦弱，會讓人不禁心想，如果他撞上了身形纖細的赫蘿，還真不知道誰會被撞倒。至於少年身上穿的衣服，那更是破爛得彷彿打個噴嚏，就會變得支離破碎似的。

少年的腳踝也很纖細，腳上穿著一眼就能夠看出鞋底已磨平的草鞋，讓人看了都替他冷了起來。如果他是個滿臉鬍鬚的老人，那大概就是不折不扣的隱士，並會受到虔誠信徒的尊敬目光包圍吧。

那名少年右手拿著一張老舊紙張，一邊幾乎像是在喘氣般呼吸，一邊瞪視著士兵。

「怎麼著?」

午覺睡到一半被吵醒的赫蘿一臉不悅地問道。

「不知道。怎麼會問我呢？妳才聽得到對方在罵什麼吧？」

「啊……呼。如果睡著了，就算是咱也聽不到唄。」

「也對啦，妳也聽不到自己的鼾聲嘛。」

羅倫斯才剛剛說完話，就被赫蘿用力踩了一腳。

他之所以沒有提出抗議，是因為一直保持沉默的士兵口氣粗暴地說：

「我已經告訴過你那是假的！你再繼續鬧下去，我們可是會採取行動喔。」

說著，士兵換了另一隻手握住長槍。

少年閉緊雙唇，一副泫然欲泣的表情皺著眉頭。

船速變得更慢了。在距離棧橋不遠處，拉古薩讓船與已經停住的前一艘船隻並排停著。

拉古薩似乎認識前一艘船的船主，兩人互相打了幾聲招呼後，交頭接耳了起來：

「怎麼回事啊？那小伙子是藍儂老闆的徒弟嗎？」

拉古薩頂出下巴指向已經停靠棧橋的船主問道。那名船主頭髮泛白，年紀看起來比拉古薩兩人大上了一輪。

「如果是這樣，他就不會一臉傷腦筋的表情留在船上了吧。」

「說的也是。啊，該不會是……」

先不管這兩名悠哉交談著的船夫，站在棧橋上的少年不知道是因為天氣太冷，還是情緒太激動，他一邊顫抖著肩膀和雙腳，一邊注視著手中的紙張。

雖然少年一副不肯死心的表情抬起了頭，但是站在長槍的槍尖前方，他只能夠咬著嘴唇。

少年往後退了一步，再退了一步，最後終於在棧橋旁癱坐了下來。

「真是愛給我惹麻煩。好了，我們繼續徵收稅金……」

在一位士兵的指示下，原本注視著事態演變的船夫們開始各自忙著動作。

每個人都是一副「這種狀況見多了」的冷漠模樣。

被冷落在一旁的少年手中拿著紙張，羅倫斯看見紙張上蓋有紅色印信後，總算搞懂了狀況。

少年似乎是上了惡質商人或是其他壞人的當。

「看來是被騙了吧。」

「嗯？」

頭髮泛白的船夫操縱著船隻率先離開棧橋，另一艘船駛進了空出的位置，拉古薩則是接著停靠在這艘船隻的隔壁。

隨著船隻開始晃動，羅倫斯在赫蘿耳邊說：

「時而會發生這種事情。像是偽造的免稅特權勒令狀，或是領主發出的催繳狀之類的。我想那少年抓著的，八成是記載了這條河川稅金徵收權的證書吧。」

「嗯……」

關於這方面的交易，買家多半是以與證書能夠帶來的利益相差甚遠的便宜價格買了文件。讓人想不透的是，許多買家總以為這些文件是真的證書。

「有點可憐吶。」

河川上，船隻排成一路縱隊，一艘接著一艘地依序經過關卡。

剛才的突發事件似乎耽擱了不少時間，現在關卡士兵們正忙著收稅，早已完全遺忘了在他們身後的少年。

如赫蘿所說，少年淒慘的模樣確實足以勾起人們的同情心，但遇到這類詐騙時，只要稍微冷靜下來思考，就能夠明白是個圈套。所以羅倫斯認為，要說這就是少年應該付出的代價，似乎也不為過。

「他上了很好的一堂課吧。」

所以羅倫斯這麼回答。赫蘿把視線從少年拉回羅倫斯身上，以帶點責備的目光看向羅倫斯。

「妳想說我太無情嗎？」

「汝因為貪心而失敗時，好像四處奔波向人求救，咱記錯了嗎？」

雖然羅倫斯不禁有些生氣，但如果只因為這樣就施捨少年一些零錢，那可是違反商人倫理的行為。

「我是靠自己的力量去向人求救的。」

「唔。」

「我自認沒有無情冷漠到見到有人向我求救，還拒絕對方。不過，看見連站都不想站的弱者，還要主動伸出援手的人實在很難當個商人。這種人應該穿上僧衣到教會去。」

赫蘿之所以一副像在思考著什麼的模樣，是因為即使聽了羅倫斯這麼說，還是覺得少年很可憐吧。

雖然心不甘情不願的，但赫蘿還是在同個村落待了好幾百年，幫助村落控制麥子豐收。她就是一個如此重情義的人。

看見有難者，就想要幫助對方，或許這就是赫蘿的本性。

但是，每次看見有難者都要伸出援手，這樣子只會沒完沒了。這世上可憐人到處可見，神明卻太少了。

羅倫斯重新蓋好棉被嘀咕：

「所以，那少年如果自己站了起來，或者是……」

雖然赫蘿心地善良，但不是個不知世事的人，她一定會懂的。

雖然那個少年確實可憐……這麼想著的羅倫斯看向少年的瞬間，不是懷疑了自己的眼睛，而是懷疑了耳朵。

「老師！」

尖銳刺耳的聲音響起。

在現場的都是一些在吆喝聲此起彼落、如市場等場所生活的人們。羅倫斯瞬間明白了那聲音是在呼喚何人。

少年站起身子，不顧士兵制止，從棧橋上直直奔來。

他前進的目標、呼喚的對象當然是——

羅倫斯。

「老師！是我！是我啊！」

然後，少年口中說出了這般話語。

「怎麼可……能。」

「喔！能夠見到您真是太好了！我正愁著沒食物吃、身上什麼都沒有！感謝上天讓我如此幸運！」

少年臉上不帶一絲開心情緒，拚命地滔滔不絕說道。

羅倫斯發愣地注視著少年，在他商人自豪的腦中記憶本裡，正以驚人的速度尋找著自己是否見過少年。

然而結論是，羅倫斯根本不認識半個會稱呼他為老師的少年。還是說，少年是聽過羅倫斯在旅途中教導謀生之道的孩童之一？

這時，羅倫斯察覺到了一件事——

這是少年為了起死回生的一場大戲。

當羅倫斯明白時，搶先一步察覺到這件事的關卡士兵以槍尾壓倒少年，並彷彿要把少年釘在地面上似的，用槍柄頂住少年的背部。

「臭小子！」

關卡象徵著權力者的權威。

這樣的場所如果發生了詐騙事件，將使得權力者的顏面掃地。

萬一出了什麼事，少年真有可能走上被沉入河底的命運。

即便如此，少年清澈如水的藍色眼眸仍然直直注視著羅倫斯。

看見少年顯得陰氣逼人、彷彿訴說著如果在這裡失敗了，只有死路一條似的眼神，羅倫斯不禁看得屏息入神。赫蘿輕輕頂了一下羅倫斯側腰後，他才終於回過神來。赫蘿沒有看向少年，也沒有看向羅倫斯，而是看向不知何方。不過，她的側臉清楚地寫著「別忘了自己說過的話」。

因為少年是自己站了起來，並且自己出聲求救。

「好大的膽子啊，敢做出有損狄珍公爵名譽的事！」

河川上，一艘接著一艘的船隻等待著經過關卡。

如果時間有所耽誤，士兵們會被譴責效率不佳，所以少年在這時候一直干擾他們工作，使得士兵們已經忍無可忍了。

士兵用長槍頂住少年的背部不放，並抬高腳準備踢向少年的側腰。

就在這個瞬間——

「請等一下！」

羅倫斯揚聲說道，而士兵的腳幾乎在同一時刻踩下。

士兵沒能夠完全停住動作的腳輕輕踩了少年一下，少年如青蛙般發出「呱」的一聲呻吟。

「這位好像確實是我認識的人。」

雖然士兵看了羅倫斯一眼後，立刻慌張地從少年身上挪開腳，但似乎一下子就察覺到羅倫斯的真意。士兵臉上浮現有些不悅的表情看了看羅倫斯，再看了看少年後，嘆了口氣從少年背部拿開槍柄。

無論誰看了，都知道這是少年自導自演的一場戲。

士兵的眼神無言地訴說著「真是個爛好人」。

雖然少年一副難以相信這齣戲碼真能成功的模樣，不停地眨著眼睛，但掌握到事態後，立刻站起了身子。儘管腳步顯得不自然，少年還是一溜煙衝上了拉古薩的船隻。

拉古薩繳了稅金、準備綁緊荷包綁到一半時，停下動作觀望著事態演變，直到少年坐上自己的船隻後，才終於回過神來。

即便如此，原本打算開口說話的拉古薩還是閉上了嘴巴。因為他與羅倫斯交會了視線。

「喂！後面已經大排長龍了，趕快開走啊！」

士兵一副「麻煩終於從棧橋移到船上了」的模樣大聲喊道。

想必士兵多少是抱著想要趕快攆走麻煩的心態，不過船隻也確實是越排越長了。

拉古薩對著羅倫斯輕輕聳了聳肩後，跳上船隻握起篙。羅倫斯心想，只要支付少年的乘船費，拉古薩也不會囉唆什麼吧。

然後，被視為麻煩的少年雖然順利坐上了船，但不知道是嚇得腳軟，還是體力已經透支，他一走到羅倫斯與赫蘿坐著的船頭附近，便癱倒在地上。

赫蘿這時總算看向了羅倫斯。

她的表情仍然顯得有些不悅。

「到了這般地步，總不能不理吧。」

然後，聽到羅倫斯這麼說，赫蘿這才露出了淺淺笑容。赫蘿鑽出棉被，伸手觸摸倒在腳邊的少年。

雖然赫蘿平時總給人以捉弄嘲笑他人為樂的感覺，但看著她屈膝向少年搭腔的模樣，不禁讓人覺得那模樣就如其外表般，像個心地善良的修女。

羅倫斯看到她宛如溫柔修女般的模樣，心裡非常不是滋味。

雖然羅倫斯對自己的行動基準很有自信，但不管怎麼做，與這般模樣的赫蘿相比之下，他都顯得無情。

赫蘿確認少年沒有受傷後，扶起少年讓他的身子倚在船緣上。

羅倫斯伸手拿起水壺，遞給了赫蘿。

他看見赫蘿背後的少年手中依然牢牢握著證書。

少年的堅決氣概相當令人佩服。

「喏，喝點水。」

赫蘿收下水壺後，拍了拍少年的肩膀說道。

這時，像昏厥了過去似的閉著眼睛、一副筋疲力盡模樣的少年緩緩睜開眼睛，看了看眼前的赫蘿，再看了看赫蘿身後的羅倫斯。

然後，少年一副難為情的模樣笑了笑。當看見少年的笑容時，一度想要捨棄少年的羅倫斯不禁別開了視線。

「謝……謝。」

羅倫斯不確定少年的道謝話語是針對水，還是針對他配合少年演戲。

不管是針對什麼，少年的道謝都使不習慣在沒有損益計算之下，被人道謝的羅倫斯感到有些難為情。

少年不知道有多麼口渴，在這般寒天之下，依然毫不猶豫地大口喝著水。直到有些嗆到了，少年才一臉滿足地做了深呼吸。

從這般模樣看來，少年似乎不是從雷諾斯來到這裡。這一帶應該有好幾座城鎮橫跨河川存在，或許少年是從北方或南方，沿路走過這些城鎮來到這裡吧。

少年究竟經歷了什麼樣的旅途？

從鞋底已磨平、讓人看了都覺得冷的草鞋看來，至少能夠猜出不會是一趟太輕鬆的旅途。

「心情平靜下來的話，就安心睡一會兒唄。只有這條棉被夠嗎？」

除了羅倫斯與赫蘿兩人裹著的棉被之外，還有一條備用棉被。

少年收到棉被後，一副喜出望外的模樣瞪大眼睛，點點頭說：

「願神庇祐……兩位……」

少年用棉被裹住身體後，像是發出「咚」一聲似地，就這麼掉進了夢鄉。以少年這身破爛行頭，想必露宿野外時，晚上一定無法入睡吧。萬一睡著了，也很可能就這麼凍死。

雖然赫蘿擔心地望著少年好一會兒，但聽見少年規律地發出呼吸聲，似乎放下了心。赫蘿臉上浮現的溫柔表情，就連羅倫斯也不曾看過。她輕輕撫摸少年的瀏海後，站起了身子。

「汝也希望咱這麼對汝嗎？」

赫蘿的話語有一半是想捉弄羅倫斯，一半是為了掩飾難為情。

「撒嬌是小孩子的特權嘛。」

聽到羅倫斯聳了聳肩答道，赫蘿笑著說：

「在咱眼中，汝也像個小孩子吶。」

在與赫蘿交談之間，比先前更加快速度南下的船隻總算放慢了速度，或許也是因為已經與前方船隻拉近相當的距離。拉古薩對突來的乘船者似乎很感興趣，他放下篙，越過裝載貨物說：

「真是的，沒事吧？」

拉古薩指的當然是少年了。

看見赫蘿點了點頭後，拉古薩摸了一下自己的臉，吐出白色氣息說：

「那小傢伙應該是被什麼人給騙了吧。雖然今年沒有，但是每年到了冬天，就會有很多人從南方北上，裡頭也會一大堆可疑的傢伙。我記得是前年的事情吧，附近來了個很會偽造證書的傢伙，不光是像那小傢伙一樣的小孩子，就算商人也經常受騙。在那之後，可能是大家都學乖了吧，最近很少看見有人受騙。那小傢伙應該是最後幾個受騙的吧。」

羅倫斯從少年伸出棉被外的手中拿起證書，小心翼翼地攤開。

那是一張赫爾曼・帝・狄珍公爵於羅姆河的船舶關稅徵收權委任書。

證書內容說好聽是詞藻優美，但說穿了，不過是刻意用不易看懂的詞彙拼出一長串有關該權限委任的注意事項。不過，只要曾經看過真的委任書，就一定能夠立刻看出這張證書是假貨。

而且，最明顯的破綻當然是公爵的署名以及印信。

「拉古薩先生，狄珍公爵的名字怎麼拼寫？」

「嗯，拼寫是……」

羅倫斯一邊聽著拉古薩回答，一邊比對證書上的拼寫，結果在證書上找到了一個不會影響發音的錯誤字母。

「上面的印信，我看也是假的吧。要是偽造真的印信，那可是會被判處絞刑的。」

這正是讓人覺得有趣的地方。

如果製作了真品的偽造品，就會被判處絞刑，但如果製作了相似品，就不會構成罪行。

拉古薩一副感到疲憊的模樣聳了聳肩，羅倫斯也仔細摺疊好證書，塞進了棉被裡。

「不過呢，我還是得收乘船費喔。」

「這個……嗯，那當然。」

羅倫斯心想，赫蘿聽了或許會生氣吧；不過，世上幾乎所有事情都是靠金錢擺平的。

第二幕

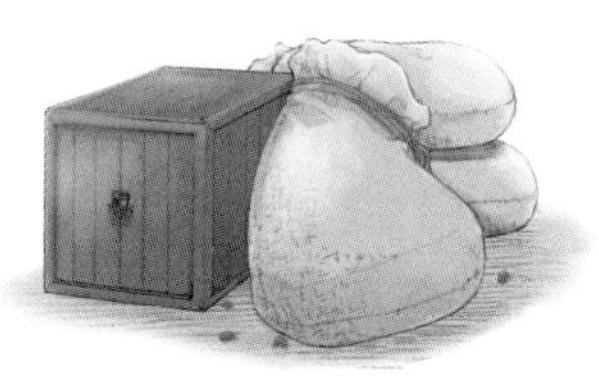

少年說他的名字是托特・寇爾。

寇爾小睡一覺醒來後，肚子發出與赫蘿不相上下的咕嚕叫聲，於是羅倫斯分了麵包給他。寇爾吃麵包時的模樣有些像是一邊有所戒心，一邊吃東西的野狗。

不過，他的表情沒有野狗來得凶狠，感覺上比較像是被棄養的流浪狗。

「所以，你花了多少錢買到這些文件？」

寇爾向旅行商人買來的證書不只一、兩張而已，從他肩上滿是破洞的背包裡拿出所有文件稍加整理後，竟然有小冊子那麼厚。

少年寇爾用兩口吃下拳頭般大小的黑麥麵包後，簡短地回答說：

「……一崔尼加上……八路德。」

寇爾之所以會把話含在嘴裡說話，想必不是在咀嚼麵包的緣故吧。

以寇爾這身行頭的人能夠支付一枚崔尼銀幣，無疑是孤注一擲地下了決定。

「你還真是下了很大的決心……那個旅行商人的行頭有那麼氣派嗎？」

拉古薩回答了這個問題：

「沒有。是一個身穿破衣、少了右手的商人，對不對？」

寇爾驚訝地抬高頭，然後點了點頭。

「那傢伙在這一帶很有名，他會拿著這類文件四處遊走兜售。他八成是這樣跟你說的吧——你看我的右手，我冒了這麼大的危險才得到這些證書，可是我已經活不久了。我打算回故鄉去。所以，這些證書就讓給你好了。」

從寇爾的眼睛睜得像豆子一樣圓的模樣看來，或許拉古薩一字不差地說出了商人的話。

詐騙專家通常都會帶著徒弟行動，而詐騙的話術也會從師父傳承給徒弟，一直延續下去。

另外，詐騙專家會失去右手，想必也是因為被逮捕過，才會被砍手。

一般來說，奪走金錢的小偷會被砍斷手指；奪走人們信賴的詐騙專家會被砍斷手臂；奪走人命的殺人犯會被砍斷頭顱。不過，聽說罪行嚴重者，必須接受比上斷頭台更痛苦的絞刑。

不管那個騙徒是怎麼失去右手，被眾人皆知的騙徒所欺騙的事實似乎給寇爾帶來很大的衝擊，他無力地垂下頭，也垂下了肩膀。

「不過，你識字啊？」

羅倫斯一邊捆紙，一邊詢問後，寇爾顯得沒自信地回答說：「一點點……」

「這紙束當中有一半以上的文件甚至不是證書。」

「……請、請問那是什麼呢……？」

寇爾有禮貌的用字遣詞讓羅倫斯感到有些訝異。他心想，寇爾以前或許曾服侍過作風正派的主人吧。對於在方才那般狀況下認識的寇爾，羅倫斯不禁感到有些意外。

如此讓人意外的寇爾，臉上浮現已經不可能再更沮喪的死心表情。

或許是寇爾的表情實在太可憐了，坐在他身旁的赫蘿貼心地勸他吃麵包。

「這些幾乎都是從某商行偷來的各種文件。你們看，連告知已經送出匯票的通知書都有。」

說著，羅倫斯把文件遞給了赫蘿，但就算赫蘿識字，也根本不懂什麼是匯票通知書。

赫蘿傾了一下頭後，打算拿文件給寇爾看，結果寇爾搖搖頭拒絕了。

寇爾的心情就像被迫看見自己的失敗一樣吧。

「像這類的文件，我也經常看見。雖然這文件本身並不能當成賺錢工具，但還能夠成為商人們喝酒時的助興話題。這類文件大多是從某處偷來，然後不停地轉手他人。」

「我的客人也說過從前被人偷過文件。」

拉古薩讓船首稍微移向右方後，插嘴說道。

「是誰會偷文件吶？」

「大部分都是在商行工作的小伙子們。他們在商行任憑使喚差遣，被操得不成人形，所以逃出商行時，總會在臨走前順便偷一些文件。如果賣給生意對手的商行，應該能夠拿到不錯的價格，當然也有專門收購文件好用來詐騙的傢伙們。我看這八成是小伙子們之間一直延續下來的智慧吧。如果偷走現金，商行當真會追上來，但如果是這類文件，商行為了顧及面子，很難去抓人。」

「唔？」

「妳想想啊，假設商行為了被偷走的一張帳簿草稿猛烈追人，大家應該會以為那張草稿寫了什麼驚人內幕吧？這麼一來，商行會很傷腦筋的。」

赫蘿一副「人們設想的事情還真多呢」的佩服表情點了點頭。

羅倫斯一邊說話，一邊翻著一張張文件，實際看著這些文件讓他覺得有趣。

一般人很難有機會得知某家商行向某城鎮的某商店，訂購了多少數量的何種商品。

不過，雖然覺得同情寇爾，但如果要羅倫斯買下這些文件，他頂多只願意出二十路德。

「所謂無知是種罪惡。我看你身上也沒錢吧？如何？要不要我跟你買下這些文件，作為乘船費和餐費？」

寇爾的眉毛抽動了一下，但直直注視著船板，遲遲不肯抬高視線。

他應該正在腦中做著各種計算吧。

這捆紙束當中或許夾雜了真的證書，但也有可能純粹都是一些廢紙，所以萬一錯過這次機會，或許再也遇不到買家。可是，這些文件畢竟是花了一崔尼以上的大筆錢買來……

就如赫蘿會誇口說自己能夠輕鬆識破羅倫斯的心聲一樣，對於計算損益，羅倫斯也能夠輕鬆識破。

不過，羅倫斯不是像赫蘿那樣從對方的表情或態度變化識破心聲，而單純是因為自己也有過相同經驗，所以才有辦法看穿他的心思。

「您要用多少錢買呢？」

寇爾之所以會露出彷彿帶有恨意的眼神仰望著羅倫斯，是因為擔心自己如果表現出缺乏自信的模樣，價格有可能被殺到最低價吧。

看見寇爾的這般努力模樣，羅倫斯勉強收起就快浮現在臉上的笑容，咳了一下後，語氣平靜地說：

「十路德。」

「什……………」

寇爾僵著表情做了一次深呼吸後，回答說：

「太、太便宜了。」

「這樣啊，那還你吧。」

羅倫斯毫不猶豫地把紙束遞向寇爾。

寇爾勉強塗抹在臉上的薄薄一層精力，很輕易地就剝落了。

而且，比起原本什麼都沒塗抹的真實表情，偽裝剝落後的表情顯得更寒酸。

寇爾看了看遞在眼前的文件，再看了看羅倫斯後，緊緊閉起雙唇。

如果抱著多賣一些錢也好的想法，擺出強勢態度，有可能得不到半點利潤。可是，就算現在想要再次拜託對方抬高價錢，偽裝強勢的面具卻成了阻礙。

他此刻的心情差不多是如此吧。

只要寇爾讓心情平靜一些，再看見赫蘿與拉古薩都是一副彷彿在說「真是的」似的模樣笑看著他後，自然會發現坦承自己的弱小能夠為他開出一條活路才對。

商人為了賺錢，隨時能夠拋棄自尊指的就是這麼回事。

當然了，寇爾不是個商人，而且年紀還小。

羅倫斯收回紙束，用紙角搔了搔下巴說：

「二十路德，再多就不行了。」

寇爾彷彿從水面探出頭似的睜大眼睛後，立刻垂下眼簾。

他應該是擔心喜形於色的話會被抓到弱點吧。

雖然寇爾內心鬆了口氣的表現再明顯也不過，但羅倫斯當然還是假裝沒察覺到的樣子。

羅倫斯看向赫蘿，結果看見赫蘿露出一邊的尖牙，警告他別太欺負寇爾。

「就這個價格成交……」

「這金額要到凱爾貝不太夠。看是要在途中下船，不然……」

羅倫斯的視線，移向了一副在欣賞餘興節目似地，一直看著事態演變的拉古薩。好心腸的船主笑答了句：「沒辦法囉。」然後接續說：

「途中會有一些雜務要處理。要是你願意幫忙，我就付點工資吧。」

寇爾像隻迷失方向的幼犬似的環視四周一遍後，輕輕點了點頭。

河川的關卡多得讓人傻眼。

只要讓船隻停靠，就收得到錢，所以領主當然會想要一道接一道地設置關卡。雖然也不是不懂領主的這般心情，但如果沒了關卡，船旅一定能夠加快一倍的速度。

而且，如果是財力雄厚的領主所設置的關卡，有時會建蓋成橫跨河川、連接主要街道的關卡，南下或北上河川的船隻也會在這裡進行卸貨或裝貨作業。

接著，一旦關卡上有人群聚集，就會開始出現兜售食物或酒的小販，關卡也會呈現街上所稱的驛站景象，實際上也有很多關卡成了城鎮的雛形。

這樣使得船隻前進的速度變得更慢。聽說經過有些關卡時，下船走路都比搭船來得快。

雖然拉古薩的船上載有急件，但說要比著急的程度，還是比不上載了皮草的其他船隻。

恨不得早一刻抵達凱爾貝的這些船主，在丟出關卡士兵絕不會多抱怨的金額支付稅金後，便以絲毫不把狹窄河川看在眼裡的高超技術追過拉古薩的船隻。

「這樣有可能追得上狐狸嗎……」

不知道停靠在第幾道關卡後，羅倫斯發現拉古薩似乎在這裡約了人。

拉古薩與一名立刻跑近船隻、看似商人的男子交談幾句，並喊了寇爾的名字後，便開始搬起裝載貨物。

因為這樣的緣故，又有一艘接一艘的船隻追過拉古薩的船隻。打瞌睡醒來後，一直倚著羅倫斯發呆的赫蘿看著這般光景，輕聲嘀咕道。

因為看見赫蘿自從坐上船後，就一直很想睡覺的樣子，羅倫斯不禁擔心她是不是哪裡不舒服。不過，羅倫斯想起了被當成抵押品的赫蘿在德林商行時，曾哭得一塌糊塗。

因為已經很久沒哭泣，所以羅倫斯不記得是什麼感覺了，不過他知道哭泣是一件挺耗費體力的事情。

「不過，比馬車快。」

羅倫斯一邊看著向寇爾買來的整疊文件，一邊敷衍地答道。赫蘿也只是一副很想睡覺的模樣答了句：「是嗎？」

不時搖晃的船隻就像個搖籃。

如果是在海上，搖來晃去的船隻會讓人覺得不舒服，但如果是在河上，就會讓人變得想睡，實在很不可思議。

「那小伙子挺認真的，不是嗎？」

「嗯？是啊。」

赫蘿的視線看向在棧橋上搬運貨物的寇爾。

如赫蘿所說，寇爾沒有抱怨地照著拉古薩的指示幫忙重新裝貨。憑寇爾的體力似乎搬不動拉古薩船上裝有小麥的袋子，所以改為把裝有豆子之類的小袋子搬上船。

眺望著這般模樣的寇爾，實在很難讓人聯想到他會在最後關頭稱呼羅倫斯為老師，做出成功率極其渺茫的大膽行為。

不過，人類到了緊要關頭，本來就能夠發揮讓人難以置信的力量。

「那當然了，會上這種當的人本性應該很認真吧。」

從一崔尼加上八路德這個不上不下的價格看來，不難猜出寇爾是被騙走了身上所有的現金。

不管是因為太貪心，還是其他原因而受騙；容易受騙的傢伙大多本性認真。

正因為本性認真，所以才會連作夢也想不到對方會扯謊。

「本性認真又容易受騙，這句話聽起來真耳熟吶。」

赫蘿一有了精神，就又開始說話刺人。

羅倫斯沒理會赫蘿，逃避話題似地看著紙束。

「咯咯。那麼，汝發現什麼有趣的事情了嗎？」

「……嗯，有一些吧。」

「嗯……比方說？」

說著，赫蘿無意地把視線移向棧橋後，露出了驚訝表情。

羅倫斯也隨之朝棧橋方向一看，發現前方有一隻背上堆著沉重貨物，彷彿就快被壓垮了似的騾馬。

旅行商人帶來的騾馬背上，應該是堆了拉古薩與寇爾裝上的貨物吧。

雖然騾馬的這般模樣算是一種特技表演，但赫蘿露出了很同情騾馬的表情。

「對了，比方說這個好了。這是一張採買銅幣的訂購單。」

「銅……幣？需要特地買錢幣嗎？還是又有其他傢伙抱著像之前咱們遇到那樣的企圖？」

「不是，這應該純粹是因為有需求，才會採買吧。採買金額比行情高了一些，而且妳看，這上面寫著運費、關稅等費用照常由我方負擔，證明了是定期採買。」

「嗯……等會兒，咱好像聽過類似的事情。為何要定期採買錢幣……好像是……」

赫蘿皺起眉頭，閉上眼睛說道。

採買貨幣除了投機目的之外，還有其他很多理由。

尤其是文件上記載的是價值最低的銅幣，所以只會有一個理由。

赫蘿一抬起頭，總算露出了笑容。

「咱知道了。為了找錢，是唄?」

「喲?了不起喔。」

聽到羅倫斯隨口的讚美，赫蘿仍然驕傲地挺起胸膛，那模樣讓羅倫斯不禁笑了出來。

「沒錯，這就是為了用來找錢而特地進口的貨幣。就算有客人上門買東西，如果找不出零錢來，想好好做生意都做不成，對吧?而且，每天都會有旅人把找開來的零錢帶出城鎮。這些貨幣應該是經由凱爾貝被送到海峽另一邊，海峽對岸的島國溫菲爾王國是個出了名的貨幣短缺國家。所以，在那裡流通的這種貨幣又稱為老鼠貨幣。」

赫蘿一臉愕然。

那表情讓人忍不住想要用手去壓她鼻子。

「當可能會發生戰爭、或是國家局勢不穩定時，這種貨幣就會跟著旅人一起離開那個島國。那感覺很像一發現危險，就立刻從船上逃跑的老鼠，所以才會被叫成老鼠貨幣。」

「原來如此，形容得挺不錯吶。」

「就是啊，真想知道是誰想出這樣的名字……咦?」

羅倫斯說到一半時，正被當作話題的訂購單上的某些內容吸引了他的目光。

他發現訂購單上頭寫的商行名稱似曾相識。

就在羅倫斯思索著在哪裡看過這家商行名稱時，棧橋那方傳來短短一聲慘叫。

他抬頭一看，發現寇爾差點就從棧橋掉進河中。幸好拉古薩的厚實手掌抓住了寇爾後頸部，讓寇爾逃過變成落湯雞的下場，不過取而代之地，寇爾的模樣就像被抓起的貓咪般懸在半空。

在那之後，傳來了笑聲，也看見了寇爾顯得難為情的笑臉。

寇爾這傢伙似乎不壞。

赫蘿看人的眼光果然很不錯。

「剛剛怎麼著？」

「嗯？喔，這上面寫的商行名稱……我好像看過，會不會是在這堆文件裡頭看到的？」

就在羅倫斯隨意翻閱著文件時，船身大幅度地晃動了一下。

原來是拉古薩與寇爾結束作業回到了船上。

「辛苦了，很勤勞吶。」

赫蘿對著回到船頭的寇爾搭腔說道，她的話語讓寇爾原本僵硬的表情緩和了幾分。

或許寇爾本來就是個性溫馴的人，不過，他似乎察覺到正翻閱著紙束的羅倫斯，像在尋找什麼似的。

寇爾一副很想發問的表情注視著羅倫斯。

「很遺憾的，不是因為裡頭混有換得了錢的文件。」

羅倫斯沒抬頭地說完後，光憑著感覺就知道寇爾驚訝地縮了一下身子。

赫蘿一邊輕輕笑笑，一邊彷彿在說「別太欺負寇爾」似的撞了一下羅倫斯的肩膀。

不過，羅倫斯也不是不懂寇爾這般的期待心。

因為如果要羅倫斯老實說，他也曾經上過一次這種當。

「找到了。」

「喔？」

羅倫斯抽出一張文件。

文件還很新，上頭的文字也很清楚。

一看日期，發現是去年此時的文件。這張文件應該是商行把各式各樣的裝載貨物裝上船隻時的備忘錄。抄寫帳簿時萬一漏寫了什麼，也不能加以修正，所以備忘錄的存在就像草稿一樣。因此，備忘錄記載了與實際寫上帳簿同樣正確的內容，也以優美的字體寫著商品名稱、數量以及銷售對象。

或許範圍不至於廣及世界各地，但商行擁有的情報網是藉由與設置在遠方的分行，或是有合作關係的商行頻繁取得聯繫，再將職員們在現場工作時積極收集到的情報聚集在一起而建立。對於一介旅行商人來說，商行的情報網就等於一座寶山。

從擁有這般情報網的商行手中，能拿到送至遠方的出貨清單，就等於拿到一面能夠直接照出該商行擁有哪些情報的鏡子。

不過，想要利用鏡子，必須擁有能夠解讀出貨清單的知識。

「我不是說了嗎?不是換得了錢的文件。」

「咦?啊，沒有……」

直盯著羅倫斯手邊看的寇爾慌張地別過臉說道。

羅倫斯笑笑後，抬高屁股、伸長手臂說：

「你看。」

寇爾像是在觀貌察色似的模樣看了羅倫斯一眼後，看向了文件。

「聽好啊。這上面寫著由珍商行的泰德・雷諾茲記錄。」

因為船身晃動，加上維持半蹲姿勢有些吃力，所以儘管覺得冷，羅倫斯還是鑽出棉被，走到寇爾身旁重新坐了下來。雖然寇爾還是露出帶點困惑的表情仰望羅倫斯，但是他似乎對文件更感興趣。

寇爾清澈如水的藍色眼眸，流露出孩子般的天真眼神催促著羅倫斯問道：「然後呢？」

「提出的對象，是從沿著河川南下會碰上的港口城鎮凱爾貝出港，再越過海洋才能夠抵達的島國。這個島國名為溫菲爾王國。啊，對喔，這裡是那隻狐狸的故鄉。」

羅倫斯的最後一句話是說給赫蘿聽。

他看得出來赫蘿的耳朵在帽子底下動了一下。

儘管赫蘿不是真心想要追上伊弗，但聽見伊弗的名字，似乎還是無法保持平靜的心情。

「然後呢，這份文件是珍商行把聚集到凱爾貝的各種商品出貨給……上面好像沒寫出對方商行的名字，總之就是出貨給溫菲爾王國的商行時的備忘錄。這些是商品，你看得懂嗎？」

對於羅倫斯提出「識不識字」的疑問，寇爾給了「一點點」的答案。

寇爾一副像是視力不好的模樣瞇起眼睛，直盯著文件上頭寫的文字看。

不久後，緊閉的雙唇終於開口說：

「……蠟燭、玻璃瓶、書籍……扣具？鐵板……呃……錫、金屬加工品。還有亞、尼？」

看見寇爾年紀小小，卻如此博學，羅倫斯不禁感到吃驚。他會不會是在旅途中幫過商人做一些雜務呢？

「艾尼幣，這是貨幣的名稱。」

「艾尼幣？」

「沒錯，看不出來你挺優秀的嘛。」

羅倫斯想起自己為人徒弟時，令他最開心的事情就是師父在誇獎他後，用力摸他的頭。羅倫斯自認沒有師父那麼粗魯，所以稍微溫柔一些摸了摸寇爾的頭。

寇爾顯得吃驚地縮了一下脖子，然後有些難為情地笑了。

「寫在商品名稱旁邊的數字，是商品數量與價格。很遺憾的，拿這張文件到任何地方都換不到錢。如果上面寫了什麼走私的事實，就另當別論了。」

「上面沒有寫嗎？」

「很可惜，沒有。基本上，除非上面寫了『這是走私』，否則根本無從得知。或者是明確寫著違禁品，就另當別論了。」

「是喔……」

寇爾點點頭，跟著把視線拉回文件。

「那個，這文件……」

「怎樣？」

「這文件怎麼了嗎？」

寇爾想知道的，應該是羅倫斯為何特地從紙束當中抽出這張文件。

羅倫斯總算記起抽出這張文件的目的，輕輕笑著說：

「喔，我剛剛看到了一張銅幣採購單的文件，發行那張採購單的，就是這家商行。採購單上的銅幣雖然是在海峽這邊的普羅亞尼領土製造，卻被隔著海峽對岸的溫菲爾王國當作大量使用的零錢……」

說著說著，羅倫斯突然有種奇妙的感覺。

然後他抬起頭，也站起身子。

原本一臉感到無趣的表情看著文件背面的赫蘿，吃驚地看著羅倫斯說：

「怎麼著？」

「剛剛那張紙在哪裡？」

「唔，是這張唄。」

赫蘿發出唰唰唰的翻紙聲，跟著抽出一張紙張遞給了羅倫斯。

羅倫斯右手拿著備忘錄，左手拿著從赫蘿手中收下的訂購單。

拿起兩張文件比對後，羅倫斯明白了自己為何會有奇妙的感覺。

兩張文件的日期隔了兩個月左右，並且記載了同一家商行。

這代表著由左手文件採買來的銅幣，是以寫在右手文件上的備忘錄為基準進行出口。

「喔？這還真是個有趣的偶然。」

赫蘿也一副很感興趣的模樣探出頭看著羅倫斯手中的文件，寇爾則是從另一邊戰戰兢兢地探出頭來。

斷了一隻手臂的詐騙專家似乎是以附近一帶為活動範圍，所以到手的文件應該是來自羅姆河沿岸的商行吧。

上游地區的訂購文件與下游地區的銷售文件，就這樣偶然地湊在一起了。

不過，羅倫斯之所以會有奇妙的感覺，並不是因為這個偶然。

任何人都比不上商人對於數字所抱持的異樣執著。

在這方面能夠與商人並駕齊驅的，頂多只有占卜師而已。

「可是，兩者數字不合。」

「唔？」

赫蘿反問道。寇爾則是把臉湊近直盯著文件看，他的視力似乎真的不太好。

「妳們看，這邊的採買數量是五十七箱，出口數量卻是六十箱。多出了三箱。」

「……這有什麼好奇怪的嗎？」

儘管羅倫斯已經把兩張文件放在地板上，一邊指著數字，一邊提出質疑。不僅是赫蘿，就連寇爾也露出感到不可思議的表情

「有什麼好奇怪？那當然是……基本上貨幣這東西製造越多，製造者就越有錢賺。不過，正因為很好賺，所以貨幣的製造枚數都有嚴格的規定。光是想要賺錢就會被說成是腐敗的溫床，更別說是製造貨幣的行為……因為那樣的誘惑實在太強了，才會對此多加設限。所以一般收到訂購單後，照理說都會嚴格遵照當次決定的枚數去製造貨幣才對。」

「可是，採買貨幣的人，是否每次都會把收到的貨幣全數送出，咱們又掌握不到，是唄？如果是送到海峽對岸的國家，為了顧及船隻晃動的問題，有時候還必須減少送出的數量，不是嗎？那幾箱說不定就是這樣多出來的唄。」

雖然赫蘿提出很不錯的疑點，但是只多出三箱的可能性很低。

不過，羅倫斯當然也明白因為特殊理由，而只多出三箱的可能性很高。

當眼前的現象不尋常時，商人總容易起疑心。

「嗯，這麼說也有理吧。不過，這算是一種信仰問題，而我只是選擇相信事有蹊蹺罷了。」

赫蘿嘟起嘴巴，聳了聳肩說：

「再說，怎麼會是箱數吶？貨幣數量不應該是枚數嗎？」

「咦？」

羅倫斯以為赫蘿在開玩笑，所以如此反問，沒想到看見寇爾也點了點頭。

在兩對充滿疑問的眼神雙向攻擊下，羅倫斯不禁顯得有些畏縮。不過，他立刻察覺到了一件事情。

商人的常識並非世間常識，羅倫斯老是會忘了這個事實。

「基本上，運送大量貨幣時，不會叮鈴噹啷的裝在袋子裡。因為要點算貨幣枚數太麻煩了。」

「汝還真愛開玩笑。」

赫蘿的輕率發言勾起了寇爾的笑意，兩人互看著彼此。

商人的智慧是從經驗累積而得。

而且，這當中經常會出現超出直覺的事情。

「假設現在要搬運一萬枚的貨幣好了。要點完一萬枚貨幣，不知道要花上多久的時間。裝在袋子裡丁鈴噹啷地搬完貨幣後，還得從袋子裡一枚一枚地拿出貨幣，然後排列在眼前計算枚數。如果只有一個人算錢，少說也要花上半天的時間吧？」

「十個人一起算就好了唄。」

「是啊。可是，遇到兩個小偷比一個小偷麻煩、三個小偷比兩個小偷糟糕。如果只有一個人算錢，當數量不符的時候，只要懷疑那個人就好了。可是，如果是十個人算錢，就必須懷疑十個人，而且也有必要請人監視吧？這樣子根本做不了生意。」

赫蘿發出「嗯」的一聲點點頭，寇爾也傾著頭。

他似乎不明白以箱子搬運貨幣的好處。

「而且啊，如果用袋子裝貨幣，就算在途中被偷走了幾袋，一下子也看不出來吧？」

「用箱子裝也一樣唄？」

「……啊！我、我知道了！」

寇爾目光炯炯有神地舉手說道。

然後他發現自己不經意地舉高了手，立刻慌張地放下手臂。那模樣彷彿藏好的馬腳不小心露出來似的。

赫蘿不解地傾著頭，而羅倫斯也被寇爾的舉動嚇了一跳。

因為那是學生會有的動作。

「你原本是個學生啊？」

如果寇爾是個學生，那麼不管是他好奇心旺盛的地方也好；儘管衣衫襤褸，用字遣詞卻很有禮貌的地方也好；或是意外地博學多聞的地方也好，都能夠得到合理的解釋。

然而，聽到羅倫斯的話語後，寇爾將身子縮得不能再小。他好不容易解開心防的表情已完全消失，換以充滿恐懼的表情仰望著羅倫斯往後退。

那模樣讓赫蘿一臉愕然。

即便如此，羅倫斯當然知道寇爾為何會有如此反應。

所以，他冷靜地笑著說：

「沒事，我只是個旅行商人，別擔心。」

害怕得打哆嗦的寇爾，與面帶笑容的羅倫斯。

雖然赫蘿傾著頭輪流看著這兩人，但似乎察覺到是什麼狀況。

她發出「嗯」的一聲後，走向再退後一步就要掉進河裡的寇爾，緩緩伸出手說：

「雖然咱的夥伴是個精打細算的商人，卻是個善良到讓人難以置信的爛好人。不用這麼害怕吶。」

同樣是面帶笑容，男人與女人的笑容卻有著不一樣的價值。

而且，赫蘿展露的器量非凡。

被赫蘿抓住手臂時，寇爾一開始害怕得掙扎著，但赫蘿將他拉近自己後，便停止了掙扎。

那模樣簡直就是赫蘿的翻版。

「呵。喏，別哭，沒事吶。」

或許是看慣了赫蘿平時老喜歡捉弄自己的傲慢模樣，看見赫蘿抱住寇爾，一副很懂得應付小孩子的模樣，讓羅倫斯覺得很新鮮。

雖然赫蘿有著弱不禁風、能夠激發男人保護欲的纖細身形，但無論如何，其內在都是被稱為賢狼、為了村落盡心盡力了好幾百年、等同於神明的存在。

赫蘿的度量之深，或許不是普通的英雄能夠媲美。

「反正就是這麼回事。那，你說知道了什麼?」

為了讓寇爾感到安心，最好的辦法想必就是先佯裝不在意他的學生身分，然後說一些無關的話題。

赫蘿似乎也與羅倫斯有著同樣的想法，她一邊輕聲向寇爾搭腔，一邊緩緩鬆開手臂。

雖然寇爾依然流露出害怕的眼神，但似乎恢復了些許平靜。

或許是身為男人的志氣，寇爾偷偷拭去淚水，抬起頭說：

「那、那個，真的……」

「嗯，我可以對天發誓。」

這是一句具有魔力的話語。

寇爾聽了，深呼吸一口氣，抽了抽鼻子。

看著寇爾的反應，赫蘿有些五味雜陳似的苦笑了一下。

「呃、呃……那個……問、問題是為何要裝在箱子裡，對吧？」

「沒錯。」

「那是因為……那個……裝在箱子裡，就能夠一枚一枚整齊放好，是嗎？」

赫蘿仍然皺著眉頭。

這場比賽似乎是寇爾贏了。

「答得非常好。沒錯，事先約定好使用一定規格的箱子，然後將貨幣照著排列確實放進箱子。這麼一來，除非貨幣的大小、厚度，或者是箱子尺寸有所改變，否則整齊放在箱子裡的貨幣只要少了一枚，馬上就能夠看出來。而且，這樣還能夠隨時掌握到箱子裡裝了幾枚貨幣。這麼一來，就不用白白花錢請人監視，也不用請人算錢，可說好處多多呢。」

羅倫斯對著寇爾露出笑容接續說：

「我以前沒能夠自己想出答案，看來學生似乎不是當假的喔。」

寇爾驚訝地挺直背脊，跟著露出了靦腆笑容。

反觀赫蘿則是一副很無趣的模樣。不過，倒是頗讓人懷疑她是否真的沒想到答案。心地善良的赫蘿或許是刻意保持沉默吧。

「不過，如果這三箱的差距代表著什麼不尋常之事，一定很有趣吧。」

羅倫斯刻意一邊看著赫蘿，一邊說道。赫蘿聽了，聳了聳她纖瘦的肩膀。

看赫蘿這樣的反應，羅倫斯不禁心想，如果他主動認真說要追蹤伊弗，赫蘿可能會設法找理由來阻止他。

「那、那個……」

寇爾插嘴說道，打斷了兩人的無言交流。

「嗯？」

「您指的不尋常之事，比方說有什麼呢？」

寇爾表情認真地問道，臉上的靦腆笑容早已不知消失到何方。

羅倫斯聽了，感到有些驚訝，而赫蘿也瞥了寇爾一眼，然後與羅倫斯互看。

「比方說啊。嗯……像是私鑄貨幣的證據。」

寇爾倒抽了口氣，私鑄貨幣代表著重罪。

不過，看見寇爾做出這般反應，羅倫斯不禁苦笑說：

「這只是打比方而已。」

「啊……是……」

說著，寇爾失望地垂下肩膀。

他的表現有些奇怪，那模樣不像因為遭到詐騙，所以想討回損失的感覺。

難道寇爾有金錢需求？

比方說，他是向人借錢買了這捆紙束之類的。

這麼猜測的羅倫斯看向赫蘿，赫蘿也只是聳了聳肩回應他。

當然了，就算赫蘿再懂得看穿他人內心，也不可能看得到他人的記憶。

「不過，在船上想東想西的，可以打發時間。」

寇爾一副很遺憾的模樣點了點頭。

才看見少年手持偽造的關稅徵收權委任書，在棧橋上與士兵爭執，接著少年就做出抱著非死即活的決心稱呼羅倫斯為老師，試圖打破窘境的大膽舉動。以為少年是個行事大膽的人，卻發現他的個性頗為溫馴，但是對金錢的執著心又比人強了一倍。

還有，這樣的少年似乎是個學生。

羅倫斯在前往留賓海根的途中遇上牧羊少女時，也被勾起了興趣，對於少年，他同樣有著很深的興趣。

寇爾為何會在這種地方徘徊，為何會落得買下偽造證書和一堆明細表的下場？

雖然羅倫斯很想追根究底問個明白，但如果草率地發問，寇爾很可能會像貝殼一樣緊緊閉上外殼。說到學生，給人的印象就是愛喝酒、賭博，跟著走上詐騙之路，最後還變成小偷。沒有什麼人比在附近徘徊的學生，更容易遭受世人迫害。

看寇爾表現出來的害怕模樣，想必是因為他切身明白世人對於學生的認知是多麼地冷淡吧。所以，羅倫斯一邊讓臉上浮現商談用的笑容，一邊發問說：

「對了，學生也分為好幾種，你學什麼啊？」

世上的流浪學生有一半純粹是自稱為學生，根本沒有好好上過課。話雖如此，識字的寇爾應該不是其中一員才對。

羅倫斯疊好紙束，發出咚咚的聲音讓紙邊對齊。這時，寇爾顯得有些猶豫地開口說：

「那……那個……教、教會……法學……」

「喔？」

寇爾的回答讓羅倫斯感到意外。

他學習教會法學，是想當高階祭司嗎？

想當學生的，不是家境富裕而想要消遣時間的人；就是不想繼承家業，但想成為優秀人物的人；又或是不想工作而以學生自稱的人。

很少人會因為很想學習某知識而當上學生。

在這少見的人數當中，學習教會法學的人更是特殊的一群。

不想進入修道院，但想在教會裡擁有地位。

會來學習教會法學的，都是些抱有如此聰明又狡猾想法的人。

「可、可是……因為沒辦法持續付學費……」

「所以被學校趕出來了啊？」

羅倫斯擔心要是等到寇爾把話說完，恐怕得等到天黑，於是主動發問。寇爾聽了，輕輕點了點頭。

一般都是由學生們互相出錢聘請博士，然後向旅館租來一間房間、或是向有錢人租來離舍聽取講課。所以，繳不出學費當然會被趕出來。

雖然世上流傳著有聖人讓鳥兒去偷聽講課，然後聽鳥兒說出的內容自己學習的故事，但就算要編造奇蹟讓世人相信，也該有個限度吧。

而且，聽說如果沒有贈送禮物，大部分的博士甚至不願意好好回答學生的問題。

除非家境富裕，或是有賺錢的頭腦，否則很難一直學習下去。

「如果說是這一帶的學校……是在艾里索嗎？」

「不是……是在雅肯。」

「雅肯？」

聽到羅倫斯驚訝地拉高嗓子說道，寇爾一副像是挨了罵似的模樣低下頭。

赫蘿投來的責備目光讓羅倫斯感到一陣刺痛。

不過，名為雅肯的城鎮所在位置，確實遠得會讓人不禁拉高嗓子。

羅倫斯一邊看著赫蘿像在鼓勵似的拍打寇爾的背部，一邊摸著下巴的鬍鬚說：

「沒事，抱歉，我只是很驚訝在這麼遠的地方。你用走的，應該走了很長一段距離吧。」

「……是的。」

「說到雅肯，我記得應該是一個這樣的城鎮吧：據說城裡聚集了無數賢者以及誠實學生，並且有好幾條清流潺潺流經城裡，城鎮中心的蘋果樹全年結滿智慧的果實。在那裡，一天的交談是由四個國家的所有語言組合而成；在那裡，一天所寫的文字全數串起後，能夠長達海底。真理與智慧的樂園，其名為雅肯。」

「聽起來……這城鎮好像很不錯吶。尤其是全年結滿蘋果的地方，這點確實是樂園吶。」

看見赫蘿只差沒有舔舌頭地說道，寇爾顯得有些驚訝，然後臉上總算浮現淡淡的笑容。

憑赫蘿的智慧，她當然懂得區分什麼是誇張的形容，什麼不是。

真是隻心地善良的賢狼。

「那個，那是騙人的。」

「唔？是、是嗎？」

赫蘿一副感到遺憾的表情看向寇爾說道。或許是為了答謝赫蘿的溫柔對待，寇爾急忙做出補救說：

「呃……那個，不過，店家一整年都會擺出各式各樣的豐富水果，其中也有很多很特別的水果。」

「喔？」

「比方有一種很不可思議的水果，外表長滿了毛，抱起來差不多有這麼大。這種水果的外殼很硬，不用鎚子敲不開，不過裡頭裝了滿滿的甜水。」

寇爾形容的是椰子。

如果季節正確，前往南方可供大型船舶停靠的港口，就有機會看到椰子。不過，赫蘿應該不可能有機會看過吧。

而且，不知道實物長什麼樣，更能發揮豐富的想像力。

當然了，羅倫斯雖然看過椰子，卻沒看過椰子樹長什麼樣。

赫蘿的目光移向了羅倫斯。

她眼底確實閃閃發著光。

「好啦，有機會看到就買給妳。」

雖然椰子跟蜂蜜醃漬桃子是不同東西，但是都沒有什麼機會看見，應該沒問題吧。

不過，萬一不小心看見，會讓羅倫斯有些頭痛就是了。

「不過，那個……事實上，雅肯根本不是什麼樂園，那裡是個紛爭很多的地方。」

「旅館變成空屋是理所當然的事。要是獨自一人睡覺，全身上下的東西肯定會被剝個精光。去到酒吧裡，會發現整間屋子充滿爭吵聲，當大家熱血沸騰到最高點時，就會有人開始到處動手打人。」

因為那裡聚集了從寇爾到羅倫斯般的年齡層、不肯工作只會整天遊手好閒的學生們，所以狀況就跟讓山賊和海盜同住在一間房裡沒什麼兩樣。

羅倫斯把經常耳聞的內容稍微加油添醋地說出來後，寇爾只是露出苦笑，沒有否定羅倫斯的說法。

不管是好的一面，還是壞的一面，設有學校的城鎮都是充滿了朝氣。

「不過，我遇到了一位很溫柔的好老師，學到了很多東西。」

「的確，你這個年紀懂得那麼多字很了不起。」

寇爾靦腆地笑笑，那模樣給人一種難以形容的可愛感覺。

赫蘿也露出了滿面笑容。

「你怎麼會落得要來到這裡的下場？」

聽到羅倫斯的詢問，寇爾仍然保持著笑容垂下眼簾說：

「因為我投資了書本的生意……」

「生意？」

「是的。就是，老師的助手告訴我近期內老師會編寫某本書的註解，要我在價格上漲前，先買下書本比較好……」

「你買了啊？」

「是。」

羅倫斯巧妙地不讓情緒表現在臉上。

出了名的博士為某本書編寫註解後，配上註解一同販賣的書本會因此大賣。

也經常耳聞書商與博士聯手先壟斷某本不受歡迎、數量短缺的書本，再由博士編寫註解。

這手法是利用了數量短缺會帶來價格高漲，價格高漲則會引起話題的原理。

因為這樣的緣故，在學校附近的城鎮，一天到晚都有人說某某老師這次又要為某本書編寫註解的話題，而且總是說得跟真的一樣。

雖然商人會不在乎地買賣一年以後才會剃下的羊毛，或是一年以後才會收割的小麥麵粉，但對於像書籍這類比明天天氣更難捉摸的生意，商人絕對敬而遠之。

然而，不受充滿整座城鎮的欲望及喧鬧所誘惑，每天坐在書桌前孜孜不倦的寇爾，根本沒想到會有這種陷阱吧。

寇爾涉及的不是生意。

而是十足的詐騙。

「那時候我的錢根本不夠我讀完書，所以我才會想賺錢。而且，那本書的價格確實每天都在上漲，我心想如果不趕快買書，就賺不到錢。可是，我身上的錢不夠，所以就向那位助手認識的商人借錢買了書。」

這樣的陷害手法再典型不過了。

書本價格之所以會上漲，不是因為書商的計謀，就是受到鼓吹的人們買了書。

然後，等到書本價格確實上漲後，以為這是真的賺錢機會而出錢買書的人就會越來越多，書本價格也會更加上漲。

接下來就會是一場看誰在最後抽到下下籤的賭局。

只要找得到比自己更笨的人，就能夠賣出書本賺到錢。

不過，最笨的人往往都是自己。

這回赫蘿總該露出難以置信的表情吧；這麼想著的羅倫斯看向赫蘿後，卻發現赫蘿用著他從未見過的極度悲傷表情注視著寇爾。

這讓他心裡有點不是滋味。

「可是，最後老師並沒有編寫註解……那本書的價格也就一落千丈了。」

絲毫沒有察覺到羅倫斯心情的寇爾一邊靦腆地笑笑，一邊接續說道。在聽了預料中的結局後，羅倫斯總算理清了來龍去脈。

寇爾掉進了陷阱，甚至向人借錢買了書。

他當然繳不出聽講費，連吃飯都成了問題，更不用說償還借款，最後肯定是連滾帶爬地逃了出來。

寇爾之所以會在這般寒冷的北方地區徘徊，想必是學生們之間的聯繫比笨拙的商人強上好幾倍的關係吧。因為各處城鎮都有大批學生進進出出，所以學生們之間很容易就能夠得知什麼人在什麼城鎮。

雖然設有所謂學校的城鎮幾乎都位於南方地區，但是在大型城鎮裡，一樣看得到站在街角的傳教士免費為周遭的人們講課。羅倫斯兩人拜訪教會城市留賓海根時，也看見了如寇爾般打扮的人圍繞著傳教士。

不過，來到這一帶後，到底是見不到這些人的蹤影了。見不到的原因是這一帶太寒冷，這些人很難熬過冬季。

「後來，我為了償還借款，到處乞求布施，一邊存錢，一邊來到了這裡。因為我聽說到了冬天，會有很多人來到這附近，也會有很多工作機會。」

「你是說北方大遠征啊？」

「是的。」

「原來如此。」

然而，為了逃債實際北上後，卻發現北方大遠征的活動中止，沒有人來到北方，也沒有工作可做。照這樣下去，光是為了過冬，說不定就會花光身上所有的錢。

這時，出現了詭異的詐騙專家。

寇爾誠心地想要學習教會法學，卻遭到神明無情的對待。

還是說，這是神明的考驗呢？

「後來，經過千迴百轉後，就遇上了咱們的船，是嗎？」

「可以這麼說。」

「真是一場驚天動地的相遇吶，是唄？」

赫蘿看向羅倫斯笑著說道。

寇爾滿是塵垢及泥土的臉頰微微泛紅。

「聽起來雖然不算是幸運的旅途，不過凡事都有結束的時候。世上確實充滿了惡意，但是只要擁有知識，有些陷阱是能夠避免的。否則也不會有『無知是種罪惡』的說法出現唄。所以說，放心唄。」

赫蘿一臉得意地挺起胸膛說道。如果脫去她的帽子，肯定會看見耳朵不停顫動吧。

她方才那有些像是母親般的沉穩態度不知跑哪裡去了。

不對。羅倫斯否定了自己的想法。

雖然赫蘿講著大道理，並向寇爾伸出援手，但她是因為不打算負起這個責任，所以才會表現出這樣的態度。

「無知……是種……罪惡嗎？」

「嗯。不過吶，放心唄。因為咱的夥伴也是歷經千辛萬苦熬了過來，最後終於成為能夠獨當一面的商人……唔……」

羅倫斯一邊瞇起眼睛瞪著赫蘿，一邊用手摀住她口無遮攔的嘴巴。

赫蘿動著嘴巴掙扎一陣後，羅倫斯察覺赫蘿正準備咬他的手指，於是鬆開手說：

「妳累積了那麼多智慧和經驗，不如妳來教他好了。」

「嗯？先生說話真是好笑吶。看咱的外表也知道咱還是個年幼少女，難道汝認為像咱這般小姑娘的智慧和經驗會勝過汝嗎？」

「唔……」

因為必須隱瞞赫蘿的真實身分，所以羅倫斯無法反駁赫蘿的恣意發言。

寇爾一臉愕然地注視著赫蘿與羅倫斯。

雖然赫蘿帶點紅色的琥珀色眼睛看似帶著笑意，卻絲毫沒有要讓步的意思。

或許赫蘿是同情無知的可憐少年，但是這可苦了被迫接受如此重大任務的羅倫斯。光憑他人傳授給自己的智慧，能夠迴避多少困難可想而知。真正應該學習的，不是能夠知道陷阱在何處的知識，而是找出陷阱的方法。

這不是一朝一夕就能學會的東西。

赫蘿一定也十分理解這個事實吧。

她是在十分理解這個事實之下，刻意煽動羅倫斯。

「汝為何要對咱這麼溫柔吶？」

然後，赫蘿拉著羅倫斯的耳垂，在他耳邊低聲說道。

「是因為咱可愛嗎？難道汝是如此沒有深度的雄性嗎？」

「怎……」

羅倫斯當然承認，說不是因為赫蘿可愛是騙人的，但這點絕對不是一切。

然而，如果他此刻拒絕傳授寇爾智慧，就無法否定赫蘿的話語。

赫蘿投來如針刺般的目光。

羅倫斯根本沒有其他選擇。

「知、知道了啦，可以放開了吧。」

如果只有一邊耳垂變長，那怎麼得了。

聽到羅倫斯的回答，赫蘿總算鬆開手說：

「嗯，這才像是咱的夥伴吶。」

赫蘿一臉開心地笑笑後，用手指彈了一下羅倫斯的耳垂。

羅倫斯嘆了口氣，卻因為覺得很不甘心，所以堅持不看赫蘿。

雖然他很想報仇，但如果也做了一樣的舉動，根本不敢想像赫蘿會怎麼發飆。

「不過，那也要本人有學習的意願。」

說著，羅倫斯把視線移向發愣的寇爾。

像隻小狗的寇爾肯定真的像隻狗兒一樣，瞬間就看出了誰是誰的主人吧。

寇爾因為話題突然轉向自己而慌張不已，嘴巴一張一合地動著。不過，他其實是個很聰明的少年。

寇爾立刻坐正身子，深呼吸一口氣後開口說：

「那、那個，如果您能夠教導我，是我的榮幸。」

赫蘿滿意地點了點頭。

不用自己教導，她當然輕鬆了。

羅倫斯搔搔頭，跟著嘆了口氣。

說起來，羅倫斯算是喜歡教導別人的人，但如果太過形式化，會讓他感到很困擾。

然而，他也只能硬著頭皮教寇爾了。

因為羅倫斯之所以會收留赫蘿，並與她一同旅行，絕對不只是因為赫蘿有著可愛少女的模樣而已。

「沒辦法。誰叫我上了船，現在想下船都來不及了。」

羅倫斯話一說完，船身輕微晃動了一下。

寇爾一臉呆然，赫蘿則是誇張地嘆了口氣。

就在羅倫斯暗自後悔地說「早知道就不要說」時，赫蘿開口說：

「放心，咱就是喜歡這樣的汝。」

第三幕

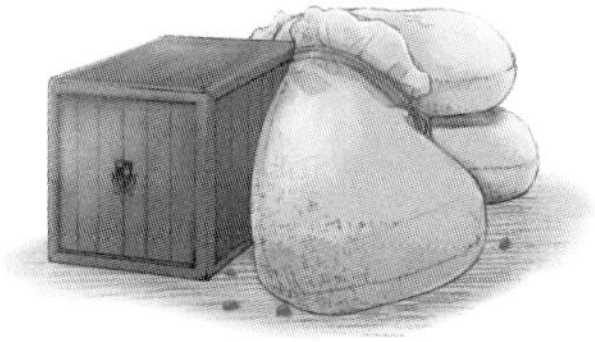

雖說要傳授智慧給容易受騙的寇爾，但如果要一一列舉例子說明，那永遠也說不完。如何保有不會受騙的心態——這才是寇爾需要的智慧。

接著再教寇爾一、兩招賺錢的方法，只要不貪心，應該多少能夠存些錢才是。

當然了，對大部分的人來說，不貪心是最難做到的事情。

「當有人告訴你一個好處多多的事情時，你要去思考對方會用什麼樣的方法賺錢。此外，不單要思考自己會賺到錢的狀況，還得思考虧損時的狀況。光是這樣就能迴避大部分的詐騙手法。」

「可是，凡事不是都有順利的時候，也有不順利的時候嗎？」

「你說的當然沒錯。不過，詐騙事件大多發生在利潤過高的時候。如果發現損益兩方顯得不相稱時，就不要嘗試。不管是利益太多，還是損失太多都一樣。」

「就算利益太多也一樣嗎？」

寇爾不愧是在這個時代還願意付錢學習的學生，他有熱忱的學習態度，腦筋也動得很快。

雖然羅倫斯剛開始教的時候顯得心不甘情不願，但因為能夠立即得到寇爾的回應，也就教出了興趣。

「看你的表情，大概是無法接受這種說法吧？」
「呃，這個……是的。」
「人活在這世上啊，最好抱著壞事會發生在自己身上，好事卻不會的想法。不能因為看見好事發生在別人身上，就認為自己也一樣幸運。因為，我們在視野裡能夠看見很多人，這麼多人當中出現一個幸運者是很正常的事情。不過，自己只有一個人。認為幸運會降臨在自己身上，就等於指著某人，預言幸運會降臨在這個人身上一樣。你覺得這樣的預言會準嗎？」
師父告訴自己的這番話，在為了教導他人而說出口後，羅倫斯才深刻體會到其意義之深重。
如果羅倫斯能徹底實踐師父的這番教誨，與赫蘿的旅途肯定能平穩許多。
「所以啊，在明白這些事情後，再回到你上了當的證書事件……」
赫蘿悠哉地眺望著羅倫斯與寇爾的互動。
剛開始，赫蘿看著羅倫斯一副很了不起的說教模樣，像是嘲笑似地露出不懷好意的笑容。但不知何時，她的表情已經化為純粹感到愉快的笑臉。
船隻平穩地在河川上前進，雖然有些冷，但四周平靜無風。
羅倫斯的心頭湧上一股不可思議的安心感。那感覺不同於獨自一人行商的時候，也不同於在認識赫蘿後，兩人一同旅行的時候。現在的和諧氣氛，彷彿是一種從遙遠古時就已存在似的奇妙感覺。

羅倫斯一邊教導寇爾，一邊思索這究竟是什麼感覺。

雖然身旁不見露出壞心眼笑容的赫蘿，但只要回頭一看，就能夠看見面帶溫和笑容的她。

明明在嚴冬河上卻感受得到的這股暖意，究竟是什麼呢？

雖然羅倫斯不知道那是什麼，但身體很自然地輕盈起來。

與寇爾的互動也變得順利多了。寇爾開始掌握得到羅倫斯的想法，而羅倫斯也開始能夠理解寇爾的疑點。

雖然不容易遇上幸運，但似乎有不少美好的相遇。

就在羅倫斯這麼想著時——

「哈哈，你們好像在忙啊。」

聽到拉古薩的聲音突然傳來，羅倫斯有種彷彿從夢中醒來的感覺。

寇爾似乎也一樣，他猛然恢復正常的表情，一副不知道自己剛剛做了什麼似的模樣。

「啊，沒有……怎麼了嗎？」

「沒什麼，下一道關卡是今天的最後一道關卡，所以我在想，不知道你們有沒有要買什麼東西為晚上做準備。」

「喔，這樣啊……」

雖然羅倫斯心想就算分了些麵包給寇爾，也不至於不夠，但還是對著赫蘿使了一下眼色，要赫蘿確認裝有食物的袋子。

「應該夠唄。」

「好像夠的樣子。」

「嗯，那就好。不過……」

拉古薩伸了一個大懶腰後，讓身體倚在裝載貨物上，露出粗獷的笑容說：

「還真是弄假成真啊，表現得很像個優秀的徒弟嘛。」

拉古薩指的當然是寇爾，寇爾聽了，難為情地低下了頭。

寇爾的謙虛表現跟一被人誇獎，就立刻挺起胸膛的某人差太多了。

「我以前也請過幾個小伙子，不過沒有一個傢伙撐得過一年。這傢伙不用人家大聲罵或是動粗，也會認真工作，這幾乎算是奇蹟了。」

拉古薩滿臉笑容地說道，羅倫斯也表示贊同地說了句：「算是吧。」

流浪學生之所以遭人厭惡，一方面當然是因為其無法無天的作為，不過另一方面也是因為他們不肯工作，又沒有半點成就，所以得不到人們的信賴。

雖說是事態自然演變成這樣，但寇爾願意認真工作，並且專心聆聽羅倫斯教導的模樣，已經足以博得人們的信賴。

寇爾因為突然被人誇獎而驚訝地瞠大雙眼，看來他對這方面似乎不是很了解的樣子。

在場全員最高興的似乎是赫蘿，她非常開心地笑著。

「那，到了下一道關卡時，也有雜務要處理。」

「啊，是，請讓我幫忙。」

「哈哈哈，這樣可能會被老師罵喔。」

「咦？」

看見寇爾一臉愕然地說道，羅倫斯笑著說了句：「真是的。」然後對著他說：

「這小子不會當商人，也不會當船夫。對吧？」

寇爾瞠大了清澈如水的藍色眼睛，先看了看羅倫斯，再看了看拉古薩後，停下了動作。

他正拚命動著腦筋思考。

看著寇爾的模樣，就算不是赫蘿，也不禁有種想要守護他的感覺。

「……是的，呃……因為我想學習教會法學。」

「哎呀，真可惜。」

「就是這麼回事。」

「哎，既然誰都不能獨占，那只好死心囉。誰叫每次拿到好處的都是神明呢。」

拉古薩面帶笑容、像在唱歌似地感嘆道，跟著挺起身子走到船尾拿起篙。

一個優秀的人才，無論在哪種行業都很受歡迎。

「呃……？」

「哈哈。沒事，我的意思是說，你就繼續讀書，有一天一定能夠當上博士的。」

「喔……」

寇爾露出一副不太明白意思的表情點點頭，等到船隻停靠棧橋後，他便在拉古薩的呼喚下跑了過去。

留在原地的羅倫斯反芻起拉古薩的話。

的確，每次拿到好處的似乎都是神明。

「汝好像覺得很可惜的樣子吶。」

「咦？」

羅倫斯反問後，點了點頭。

「的確，我不禁有種很可惜的感覺。」

「可是，還有機會唄？」

赫蘿的發言讓羅倫斯感到有些驚訝，他回頭看向赫蘿說：

「光是幫助我成為優秀的商人，還不夠讓妳滿足啊？」

「收了徒弟的人，才算是能夠獨當一面的人。」

赫蘿應該是要羅倫斯收徒弟的意思吧。

羅倫斯確實告訴過赫蘿，擁有商店後冒險生活似乎就會隨之結束。

對於羅倫斯這樣的想法，赫蘿告訴他只要收徒弟就好。

「可是，我現在收徒弟，還太早了點。」

「是嗎？」

「是啊。再過十年，不，再過十五年後，或許會吧。」

雖然好幾年前的羅倫斯根本想像不到十年後的自己會怎樣，但現在的他已經到了差不多能夠預測得到的年紀。

如果是從前那個認為自己有著無限可能性的羅倫斯，或許會想收徒弟吧，但現在的他，根本看不到眼前有這樣的選擇。

「再過十年，嗯，再怎樣汝也會變得有雄性氣概一些唄。」

「……妳這是什麼意思？」

「汝想知道嗎？」

看見赫蘿笑容滿面地說道，羅倫斯不禁覺得赫蘿一定藏了什麼驚人的武器。

他心想還是不要自找麻煩的好，於是放棄反擊。

「呵，聰明的決定。」

「能被您誇獎是我的榮幸。」

赫蘿拍了拍羅倫斯的肩膀，刻意鼓起了臉頰。

羅倫斯也笑著回應她，然後伸手拿起向寇爾買來的紙束。

雖然剛剛被迫中止了思考，但銅幣話題足以勾起商人的好奇心。

羅倫斯沒有想要藉此撈錢，更沒有想要揭發珍商行秘密的意思。但光是分析這捆或許能夠解開謎題的紙束，就足以讓他興奮不已。

「汝真是個廉價的雄性。」

「妳說什麼？」

「看著破爛紙堆竟然能夠那麼興奮，難道看那些東西比跟咱說話還有趣嗎？」

羅倫斯苦惱著該不該笑。

不過，他知道現在如果說出「妳連紙張都要忌妒啊」，肯定會挨一頓揍。

「不過是差了三箱而已，汝為何會如此感興趣？」

「這……我也不知道怎麼回答。我只能說，因為很有趣。沒事的，這次就算弄錯了什麼，也不會被騷動連累，這點妳可以放一百個心。」

羅倫斯一邊說話，一邊翻著紙張，一下子就找到了一張寫有珍商行的文件，沒多久後又找到了一張。

他興奮地心想，這說不定真有可能解開謎題。

「……」

羅倫斯覺得赫蘿似乎說了什麼，於是抬起了頭。

赫蘿屁股著地坐著，手裡抓著棉被。

她的尾巴在長袍底下顯得不悅地甩動著。

臉上浮現不甘心的表情。

「汝有時候很懂得談判。」

赫蘿的想法有時候也很容易明白。

對寇爾當然要表達關心，但如果寇爾不在，汝的眼裡就應該只有咱；羅倫斯這麼猜測著赫蘿的心態，同時也想著抱有這樣想法的自己會不會太過自負。

「那這樣，妳要幫忙嗎？」

「……哎，咱無所謂。」

羅倫斯想起從前，赫蘿曾經沒辦法老實說出自己想吃蘋果。

她的表情儘管顯得不悅，耳朵卻看似開心地擺動著。

「這個拼寫就是珍商行，幫我找出有寫到珍商行的文件。妳認得字吧？」

「嗯，什麼文件都行嗎？」

「嗯。」

寇爾帶來的文件張數還真是不少。

其中有的文件皺巴巴的，可能是小偷在偷拿文件時，隨手一抓就塞進了袋子裡吧。

而且，有的文件上頭滿是手垢，還有破損之處，看得出來這些文件是由許多人經手過的。

羅倫斯把看起來將近有百張之多的文件分了幾張給赫蘿後，兩人便開始找起珍商行的名稱。

羅倫斯只需看一眼，就能夠知道是什麼種類的文件，而且只要知道是什麼種類的文件，大概就能夠知道商行名稱會寫在什麼位置。

相對地，赫蘿既沒有行商經驗，又因為文件字體潦草，使得她必須從頭到尾定睛細看文件，否則很難找到商行名稱。

羅倫斯知道赫蘿不時地偷看他，顯得很焦急的樣子。

或許不管在任何方面，赫蘿都不願意輸給羅倫斯吧。

他佯裝沒察覺到的樣子，緩慢進行著手中的作業。

「可是，汝啊。」

「嗯。」

儘管放慢了作業，羅倫斯的速度還是比赫蘿快，他一瞬間以為赫蘿終於忍不住想要干擾，後來發現是自己太鑽牛角尖。

赫蘿向羅倫斯搭腔時，非但沒有繼續作業，反而放下文件看著遠方。

「怎麼了？」

「……沒有，沒事。」

聽到羅倫斯的反問，赫蘿搖了搖頭說道，然後把視線拉回手邊。

不過，就算是能稱得上扯謊天才的赫蘿，她那堅稱自己沒事的模樣，也顯得有些牽強。

「妳不要用那麼明顯的方式吸引我注意好不好。」

羅倫斯以為赫蘿會有些生氣，但赫蘿似乎棋高一著。

赫蘿露出像在自嘲似的微笑，然後整理手邊的紙張說：

「沒什麼，咱只是想到很無聊的事情。」

赫蘿總算翻過一頁文件，然後緩緩閉上眼簾。

「什麼無聊的事情？」

「是真的很無聊的事情……咱在想順著這條河川南下後，不知道會看見什麼樣的城鎮。」

聽到赫蘿的話語，羅倫斯不禁抬起頭看向河川的下游方向。

前方還看不到海洋，只有平凡無奇的平坦荒野以及平緩川流而已。

當然也不可能看見港口城鎮凱爾貝的城景。

不過，雖然不是很確定，但羅倫斯覺得赫蘿的話中似乎包含了超出字面上的意思。

更重要的是，赫蘿每次說是無聊的事情時，大多不是無聊的事情。

「老實說，我只有坐船經過兩、三次而已，所以城鎮究竟長什麼模樣，我也沒有好好看過。」
「那也無妨，是什麼樣的城鎮？」
聽到赫蘿這麼說，羅倫斯當然沒理由隱瞞。於是，羅倫斯喚起過去自己曾見聞過的記憶說：
「河川的盡頭有一塊很大的三角洲，雖然城鎮居民不會在三角洲上居住，不過那裡有很多旅店和商行的卸貨場，還有兌換所，非常熱鬧。蓋有住家的地方是在三角洲的北端和南端。雖然這幾個地方都屬於凱爾貝，但不管是住在北側、南側還是中間的人，彼此的感情都不合。」
「喔？」
雖然赫蘿的視線落在手邊的文件上，但是她的視線有沒有追著文字跑，令人有些懷疑。
「我是在搭乘聯繫遠方國家的大型貿易船時，經過凱爾貝。因為凱爾貝是貿易船的中途補給港。貿易船很大，沒辦法接近淺灘，所以我們都是改搭小船登陸三角洲。」
為了確認赫蘿的反應，羅倫斯停頓了下來。
比起聽取他人的形容，親眼目睹城鎮不是比較快嗎？
羅倫斯這麼想著，但赫蘿似乎不這麼認為。
「那麼，上了三角洲後，會看見什麼？」
赫蘿的視線仍然落在手邊的文件上，視線焦點卻對準遠方。
看見赫蘿保持這個姿勢催促著自己的模樣，羅倫斯不禁有種像是在為盲人解說的感覺。

不過，就在羅倫斯有些吞吐其辭時，赫蘿看向他以目光無言地催促著。

儘管覺得在意，羅倫斯還是接續說：

「……喔。上了三角洲後，最先映入眼簾的是任憑潮水和海風洗刷的擱淺船殘骸，它那斷成兩截的船身成了三角洲的大門。穿過這個大門後，就會看見充滿活力和吆喝聲，但有別於城裡市場的地方。那裡不會零售商品，只會以驚人的數量做大量買賣，也就是商人專用的市場。在那兒卸貨的所有商品會以那裡為起點，再運送到其他遙遠國家。還有，嗯，也會看見成排商店提供短暫的娛樂，為辛苦船旅增添一些樂趣。這些商店當中……嗯，應該也有會讓妳忍不住皺起眉頭的商店吧。」

看見羅倫斯刻意聳了聳肩說道，赫蘿忍不住噗嗤一聲笑了出來。

「我住在兩層樓高的旅館，面向道路的房間裡。那裡整天都聽得到彈奏魯特琴或是豎琴的聲音，笑聲也不曾斷絕。」

赫蘿輕輕點了點頭後，沒抬高視線、也沒抬起頭地說：

「那艘船是要去哪裡？」

「那艘船？」

「汝搭乘的那艘船。」

「喔，那艘船沿著大陸一直南下，最後會抵達一個名為約朵斯的港口城鎮，那裡聚集了很多手藝精巧的工匠。我搭乘的那艘船主要是在運送北方的琥珀，那兒就是以琥珀手工藝品出名的城鎮。約朵斯是在比我們被迫在地下水道奔跑的帕茲歐，或是遇到妳的帕斯羅村更南方的城鎮。那裡的海水很溫暖，顏色有點黑。」

那時的羅倫斯沒有馬車，連性命都不顧地以一身輕便的行頭奔走各地。

雖然他沒有提起，但是那次的海上航行，羅倫斯待的是甲板底下的昏暗房間，和在河上的航行根本不能相提並論。

航程中，他為自己準備了裝滿水的牛膀胱，在搖晃得連坐都坐不穩的船上，必須死命地緊抱住牛膀胱，不讓裡頭的水灑出來。

而且，船身搖晃得那麼厲害，一個不是船員的旅行商人會當場成為暈船下的犧牲者。

等到他已經吐不出任何東西，最後只能吐血，整個人消瘦得不成人形時，好不容易才抵達目的地。

不是羅倫斯愛自誇，他都佩服自己能搭過三次之多的船。

「嗯。可是，咱不知道什麼是琥珀。」

「咦？妳不知道啊？」

聽到羅倫斯反問道，赫蘿露出有些生氣的表情注視著羅倫斯。

羅倫斯心想，既然赫蘿從前在森林裡過著神仙般的生活，就應該認得琥珀才對，但後來想起赫蘿也不認得黃鐵礦的事實。

「琥珀是樹脂在地底下凝固而成的東西，外觀看起來就跟寶石沒兩樣。如果要比喻……啊，對了，正好跟妳的眼睛很像。」

羅倫斯指著赫蘿的臉說道，赫蘿似乎不自覺地想要自己看自己的眼睛。看見赫蘿變成鬥雞眼的模樣，羅倫斯忍不住笑了出來。

「汝一定是故意的。」

雖然赫蘿口中這麼說，但羅倫斯若真是故意，她絕對不可能是這個反應。

不過，羅倫斯知道如果反駁這點，赫蘿肯定會生氣，所以他這麼回答：

「總之呢，是很漂亮的寶石就對了。」

聽到羅倫斯再刻意不過的話語，赫蘿儘管露出難以置信的表情，最後還是忍不住噗嗤一聲笑了出來：

「哼，以汝來說算是表現得還不錯。那，下了那艘船後，接著去哪兒？」

「接著？接著去……」

羅倫斯回答到一半時，心裡還是覺得怪怪的。

他心想，赫蘿突然想知道這些事情，到底是怎麼回事？

「或者是那隻狐狸會去的地方也行。」

赫蘿或許以為羅倫斯說話變得吞吐，是因為記憶模糊的關係吧。

原本這麼猜測著的羅倫斯立刻察覺到不是這麼回事。

赫蘿連短暫的沉默都感到害怕。

她害怕羅倫斯會有時間去思考她為何想知道這些事情。

「伊弗會去的地方啊？如果是要賣皮草給人加工，會去比約朵斯更南方的地區，應該會去一個名為烏娃的城鎮吧。」

「能夠賺多少錢吶？」

「嗯……大概有進貨價的三倍……跑不掉吧。賺到那麼多錢後，她大概就不會再跟我這種旅行商人說話了。」

看見羅倫斯笑著說道，赫蘿表情不悅地拍了拍羅倫斯的肩膀。

不過，赫蘿沒有看向羅倫斯。

那模樣彷彿在說如果與羅倫斯互看，就會被識破心聲似的。

「哈哈。不過，這是很有可能發生的事情。只要賺到了一千枚或是兩千枚金幣的利益，馬上就能擠進上流商人們的世界。當商人有了這麼多錢後，一般會開始僱用職員、經營商店、買船舶，最後做起遠地貿易。開始從沙漠之國買來黃金、從灼熱之國買來辛香料；也會開始運來絲織品或玻璃手工藝品，撰寫遠古帝國歷史、多達數十集的歷史書籍印刷本，或者是一些稀奇古怪的

食物和生物，還有堆積如山的珍珠、珊瑚之類的海中寶石。每有一艘載了這些商品的船舶平安抵達港口，帶來的利益，會是我一輩子才有辦法賺到的金額的十倍、甚至二十倍。最後這個商人會在各地設置商行分行，或許也會把觸角延伸到銀行交易。融資莫大金額給各地領主，相對地要求領主讓出各種特權，一個接著一個地掌握各地的地區經濟。然後，這個商人會像是掛了保證似地成為南方皇帝的御用商人。在國王要舉行戴冠式時，會受到委任，負責發包打造價值達二十萬枚或是三十萬枚盧米歐尼金幣的王冠。商人有了這般成就後，只要安穩地坐著，就能夠把世界各國的商品運送到各地去，無論去到哪裡，都會受到國王般的待遇。最後，商人終於完成他用金幣堆出來的寶座。」

這是每一個商人都至少夢想過一次的黃金大道。

就算會覺得這夢想愚蠢，但實際上卻有太多商人走過這條大道而完成了霸業。

不過，在一半便已耗盡精力的商人人數之多，就算全知全能的神也掌握不了吧。

儘管伊弗逮到了踏上黃金大道的機會，能不能夠順利走完仍是個未知數。

遠地貿易之所以能夠帶來莫大利益，是因為想要讓船舶平安抵達港口太難了。

令畢生積蓄如海藻般沉落海底消失不見，最後宣告破產的商人，光是羅倫斯認識的人數，就無法用兩手手指數完。

「這簡直就像通往黃金國的黃金大道吶。」

赫蘿看似開心地說道。雖然羅倫斯不確定赫蘿對於他的說明有多少程度的理解，但赫蘿似乎從他說話的語調當中，聽出這是近乎痴人說夢的美夢。

「可是，汝走到了這條黃金大道的入口卻掉頭離去，也看不太出來很懊惱的樣子吶。」

羅倫斯當然點了點頭回應赫蘿的話語。

他不覺得懊惱。

因為他想走的不是這種黃金大道。

不過，羅倫斯不禁心想，如果與赫蘿一起走，或許有辦法走完。

如果與赫蘿一起走在這條權謀術數充斥的欲望大道，或許能夠不受惡魔欺騙、不被邪神擊垮，在光與影之間穿梭逃躲、勇往直前，最後抵達寶山。

這段經歷一定能夠成為值得流傳好幾百年、最適合以冒險記來稱呼的故事。

與大商人競爭黃金交易、與歷史悠久的王國王族談判最高級的羊隻品種。時而或許會與跟海盜沒兩樣的大船團針鋒相對，也可能會遭到信賴的手下背叛。

羅倫斯當然也想過在這般冒險經歷中，如果身旁有赫蘿陪伴，會是多麼愉快的事情。

即便如此，羅倫斯還是覺得赫蘿應該會排斥這樣的冒險生活。

所以，羅倫斯試著詢問說：

「妳想走這樣的路啊？」

赫蘿果然沒有點頭，一副不感興趣的表情說：

「畢竟咱得一直傳述汝的故事吶，要傳述的內容當然是越少越好。」

羅倫斯一邊心想「真是個固執的傢伙」，一邊沒出聲地笑笑，結果被赫蘿白了一眼。

赫蘿說傳述內容越少越好，應該是在扯謊。她希望越少越好的，是聆聽者的人數。好比說，羅倫斯如果遇見了一臉得意表情談著赫蘿睡相的人，一定會忍不住有種同仇敵愾的感覺吧。

「咱不想聽什麼黃金大道的故事，咱還是想聽琥珀城鎮的後續。」

赫蘿想聽的不是驚險刺激的冒險故事，而是羅倫斯一路走來的平凡經歷。

至於她為何想聽羅倫斯的平凡經歷，理由再清楚不過了。

只要用言語把羅倫斯為赫蘿說明凱爾貝的三角洲時，所感受到的那種感覺形容出來，就能夠立刻知道赫蘿的理由。

不過，羅倫斯閉上雙唇露出淡淡的微笑，他並沒有反問赫蘿什麼，只是照著赫蘿的問題做出了回答。

在琥珀城鎮賣了從北方採買來的動物牙齒和骨頭，相對地採買了鹽巴和鹽漬鯡魚後，便朝向內陸地區出發。一路上有時徒步，有時與人共乘馬車，偶爾也會組成商隊；沿路走過平原、越過河川、爬過山頭，也在森林迷過路。旅途中受過傷，也受過病痛折磨。曾經因為碰巧遇見聽說已身亡的商人而歡喜，也曾經因為反而聽到有傳言說自己已身亡而大笑。

赫蘿神情愉快地靜靜聆聽著羅倫斯敘述的每一段經歷。那模樣就彷彿看見儘管活了好幾百年，仍有不曾見過的土地在眼前無限延伸而樂在其中似的；也像是聽見像是玩笑話的烏龍事件頻繁發生時，而感到驚訝似的。

然後，那模樣就彷彿想像著在這條漫長、平凡、沒有任何特別之處的旅途上，羅倫斯身邊總有自己陪伴。

不久後，羅倫斯前往山中村落送上鹽巴，相對地採買了品質優良的貂皮；描述到這裡時，他停了下來。因為他覺得如果繼續描述下去，將會違反兩人在心照不宣之下，所訂下的約定。

赫蘿不知何時已經倚在羅倫斯身上發呆，她空出來的手握住了羅倫斯的手。

以實際的時間來說，羅倫斯所描述的旅途有兩年之久。

因為兩人剛走完這麼一段儘管平凡，卻很漫長的旅途，所以覺得累了吧。

兩人剛走完的，是一段絕對不可能實現的漫長旅途。

去到山中村落送上鹽巴，相對地採買了貂皮後，羅倫斯下一個停留的村落是？

是麥子大產地、是河口城鎮。如果羅倫斯繼續描述下去，這趟旅途的路徑將又回到出發點，然後不停地繞圈子打轉。

然而，赫蘿沒有催促羅倫斯描述下去。

因為她知道如果開口催促，將破壞此刻如同身處夢境的氣氛。

赫蘿此刻是感到後悔呢？還是覺得開心呢？

或許兩者都有吧。正因為開心，所以才會感到後悔。

羅倫斯與赫蘿的兩人之旅不會前往比凱爾貝更南方的地區，也不會前往西方地區。兩人將前往的地方，是一個永遠未知的世界。那是一個伸出腳就能踏進的世界，卻也是兩人絕對不可能前往的世界。

神說——

一開始，有了語言。

然後，語言創造了世界。

如果此言屬實，那麼被喻為神明的赫蘿一定是借了羅倫斯的語言，打算創造出一個暫時性的世界吧。

羅倫斯當然不會詢問赫蘿為何要創造這樣的世界。

好幾百年來，赫蘿一直獨自待在村落的麥田裡。這個暫時性的世界，肯定是她慣於玩耍的世界吧。

只是，看著什麼話也不說、動也不動地在發呆的赫蘿，羅倫斯不禁擔心，旅行結束時獨自留下這樣的赫蘿，真的不會有事嗎？

在特列歐村閱讀的書本上，寫著赫蘿的故鄉早已滅亡。

如果從前的居民們經過漫長歲月後，再次返回了故鄉，那應該就可以安心。

可是，如果沒有回來呢？

這麼一想，不禁教人有些擔心。

想像起在寒冷又安靜的山上，獨自望著月光發呆的赫蘿，羅倫斯實在不認為她一人能夠撐得下去。

赫蘿時而也會想發出長嚎，可是，沒有人能夠回應她的長嚎聲。

然而，羅倫斯知道如果他這麼說出口，赫蘿肯定會怒氣沖沖地大發雷霆，而且想也知道她不可能承認。還有更重要的是，羅倫斯必須承認就算自己再怎麼努力，也不可能填滿赫蘿心中的孤獨空洞。

說羅倫斯的心頭不會因此湧上一股無力感，那會是騙人的。

不過，羅倫斯是認清這些事實才前往德林商行，並牽起赫蘿的手。

所以，他此刻至少能做的，就是刻意用著開朗的口吻說：

「如何？很樸實無華的旅途吧？」

赫蘿一副慵懶模樣看向羅倫斯，就這麼看了好一會兒。

然後忽然笑了，或許是看見羅倫斯臉上沾到了什麼吧。

她一副疲憊模樣緩緩挺起身子，嫌麻煩地開口說：

「……一點兒也沒錯，可是……」

「可是？」

轉頭越過肩膀、微微傾著頭看向後方的表情，一定是赫蘿很自豪的表情吧。

「如此平凡的旅途不會緊張得手掌心都是汗，還可以與汝牽著手悠閒自在地前進唄。」

赫蘿露出壞心眼的笑容。

然而，壞心眼的不是她。

是不知在天上何處的神明。

在羅倫斯準備開口說話之前，赫蘿已經收起這般表情，一副彷彿在說「剛剛的餘興節目真是愉快極了」似的恢復成平時的模樣。她翻了一張手邊的文件，然後發出「喔」的一聲。赫蘿手拿文件驕傲地向羅倫斯揮動的模樣，讓剛才曾有過的氣氛雲消霧散。

對於只是個普通人類的羅倫斯來說，這是有些學不來的事情。

因為學不來，所以他花了一些時間才恢復平靜。

赫蘿一副受不了羅倫斯的模樣，笑著等待他恢復平靜。

這確實是平凡的旅途。

因為旅途和平得只要伸出手，赫蘿隨時都在伸手可觸的位置。

「的確，這是珍商行的文件。看來是去年夏天的出口備忘錄。」

「哼。」

看見赫蘿面帶笑容地用鼻子哼氣，一副彷彿找到了藏寶圖似的得意模樣，羅倫斯忍不住笑了出來。

他心想，真是敗給了赫蘿。

「那，出口數量果然是六十箱。這麼一來，這一定是……不對……果然是……」

比較著其他出口品目，羅倫斯立刻埋頭於思考文件的內容。

他這麼做，一方面也是為了把彷彿忽然從天而降、如泡沫般一碰就破滅似的一場夢封印在腦海深處。

因為那是一場太甜美的夢。

羅倫斯已不是那種不知頹廢為何物的年輕小伙子。

「既然這樣，還不快找看看其他文件？」

赫蘿突然顯得不悅地說道，跟著拉住羅倫斯的耳朵，硬是將他從腦海裡拉了出來。

羅倫斯驚訝地一邊按住耳朵，一邊看著表情不悅地把視線拉回文件的赫蘿側臉。他這才想起，赫蘿原本是因為希望自己陪她，才會說要幫忙從紙束裡找出珍商行的名字。

然而，羅倫斯說不出「既然這樣，妳和我一起想看看不就好了」這種話。因為赫蘿像是在生氣的側臉，一定會拒絕他這麼說。

不過，原本那麼柔和的氣氛，能夠立刻變成現在這般氣氛，讓羅倫斯覺得很不可思議。

赫蘿的心情說變就變，比山上的天氣變化更快速。

儘管羅倫斯猜測著會不會只是自己太遲鈍而無法察覺，但還是不禁心想，這或許就是人們常說的少女心吧。

是不是少女很令人懷疑就是了——羅倫斯暗自補上了一句。

「全部就這幾張嗎？」

過了一會兒後，兩人看完了所有文件，赫蘿最後一共找到了兩張文件。

包括羅倫斯找到的共有七張文件。

除非是真的很不懂得整理文件的商行，否則一般都會把類似的文件保管在類似的地方。從商行偷出這些文件的某人一定也是沒多確認內容，隨手一抓就把文件帶了出來。

不出羅倫斯所料，紙束當中找到了去年夏天和前年冬天的訂購單，以及去年夏天的備忘錄。

文件上記載向銅產地訂購的數量都是五十七箱，送往溫菲爾王國的貨幣也都是六十箱。

因為珍商行總不可能進口舊貨幣，所以每箱貨幣勢必都是新鑄造的新品。

珍商行應該是在某處補上不足的三箱，只是找不到文件指出珍商行如何補足差距。

「似乎沒有找到關鍵性的線索吶。」

「是啊。不過，說不定紙堆裡有相關聯的文件，只是沒有寫上珍商行名稱而已……」

「喔？那麼趕緊找看看。」

「等等。不過，或許這些真的是私鑄貨幣的證據。」

沒理會顯得著急的赫蘿，羅倫斯不禁自言自語了起來。

如果大量私鑄貨幣，或許會被人察覺，但如果只是少量，或許就不會被發現。

或者，這是在私鑄金幣之前，先實驗性地私鑄一些銅幣也說不定。

這些思緒在羅倫斯的腦海裡像雪球般越滾越大。他不禁開始思考：如果要證實這些假設，需要什麼樣的情報？目前不夠的情報又有哪些？也或許可以做其他的假設……？當羅倫斯一路思索到這裡時，發現這會兒換成是身旁的赫蘿明顯露出感到很無趣的表情。

「……」

赫蘿面帶不悅地傾了一下頭，頸部的骨頭隨之發出喀喀聲響。

「汝果然不是真心想要追上那隻狐狸。」

赫蘿的口吻聽起來，彷彿在說「如果是真心，就不會把咱冷落在一旁」似的。

「……妳也和我一起想看看不就好了。」

聽到羅倫斯說道，赫蘿揚起一邊眉毛，一副難以置信的表情用手肘倚著膝蓋，手托著腮。那模樣簡直就像看見骰子擲出不好數字的賭徒一樣。

羅倫斯擲出的骰子數字似乎不怎麼好。

「……如果能夠幫汝賺大錢，咱就願意。」

「……如果真是那麼回事，妳還不是會排斥。而且……」

「嗯？」

「妳又不討厭動腦思考吧？動腦思考還可以消磨時間。」

聽到羅倫斯這麼說，赫蘿眼睛睜大得連羅倫斯都嚇了一跳，在那之後赫蘿似乎打算說些什麼，卻立刻閉上了嘴巴。跟著閉上眼睛，也蓋上手邊的紙束，最後用兩手抓住帽緣把整張臉都給矇住了。

「怎、怎麼了？」

赫蘿的舉動讓羅倫斯驚訝得不禁這麼發問。

她的耳朵和尾巴不停發出啪唰啪唰的聲音。當她從帽子挪開雙手時，羅倫斯看見了帶著怒火的目光。

在赫蘿沒有半點動搖的堅定眼神直直注視下，羅倫斯終究還是敵不過，只能畏畏縮縮地問：

「……為什麼妳要這麼生氣？」

被羅倫斯說像是琥珀的眼睛變成了燒得火紅的鐵球。

「生氣？汝剛剛說咱為何生氣嗎？」

說了不該說的話——

就在羅倫斯這麼想時，赫蘿瞬間放鬆了全身的力氣。那速度之快，就跟她因為憤怒而豎起頭髮時一樣。

那模樣就像皮袋灌了太多水而破裂似的感覺。

赫蘿顯得如此意志消沉的模樣，讓人不禁懷疑起她是不是在一瞬間變得消瘦。她用宛如幽魂般的眼神注視著羅倫斯說：

「畢竟是汝嘛……反正汝也不可能明白咱為何會這麼說唄……」

說罷，赫蘿用斜眼瞥了羅倫斯一眼，然後再刻意不過地嘆了口氣。

那模樣就像師父面對老是教不會的徒弟，連生氣的精力都沒了似的。

不過，羅倫斯思考了一下。

他心想，反正赫蘿一定是因為太無聊，想要人陪她，才會這麼說吧。

羅倫斯之所以沒有說出口，並不是因為擔心會惹得赫蘿更生氣，而是因為識破羅倫斯想法的赫蘿已輕輕揚起嘴唇，露出尖牙說：

「發言要小心謹慎吶。」

羅倫斯初拜師為徒時，最討厭師父要他回答問題。

因為如果他回答錯了，就會挨揍；如果沉默不回答，就會被踹。

羅倫斯方才的猜想似乎錯了。

這麼一來，剩下的手段就只有保持沉默而已。

「汝真的不明白嗎？」

赫蘿的話語喚起了羅倫斯從前的記憶。

羅倫斯不禁挺直背脊，然後別開了視線。

「不明白就算了。」

赫蘿意外的發言讓羅倫斯回過頭來，結果看見赫蘿表情認真地說：

「直到汝明白之前，咱不跟汝說話。」

「妳──」

羅倫斯還來不及說出「妳怎麼像個小孩子一樣」，赫蘿已經從他身上挪開身子，搶走兩人共享的棉被，裹住自己的身體。

所謂愕然，指的就是羅倫斯此刻的感受。

羅倫斯差點說出「妳在開玩笑吧」，但後來想到赫蘿可能不會理睬他，於是把話吞了回去。赫蘿的脾氣像小孩子一樣頑固，既然她說了不跟羅倫斯說話，就一定真的不會跟羅倫斯說話。

不過，赫蘿如果是突然不理人，那還沒什麼大不了。特地宣言不跟羅倫斯說話，正是她的高級戰術。

如果羅倫斯還口說出孩子氣的挑釁話語，也未免太難看了；但如果他學赫蘿不理人，那更是幼稚。更重要的是，當聽到赫蘿宣告不跟自己說話時，內心受到動搖的羅倫斯對這個問題就已經束手無策。

羅倫斯讓視線落在手邊的文件上，輕輕嘆了口氣。雖然他覺得思考文件裡的謎題也是十分有趣的消遣，但這似乎不合赫蘿大小姐的意。羅倫斯想不透為何赫蘿願意開心地與他一起找文件，卻不願意與他一起想東想西。

就羅倫斯個人來說，他覺得與赫蘿一同動腦思考一些沒幫助的事情會比較開心。更重要的是，赫蘿擁有聰明絕頂的頭腦，與她一起思考還能夠讓羅倫斯有所學習。

或者，赫蘿是根據經驗法則，所以擔心亂想一些有的沒的，很可能又會陷入糾紛之中呢？

雖然羅倫斯這麼猜測，但還是覺得自己搞不懂赫蘿的心。

他把成為話題、寫有珍商行名稱的文件壓在其他文件上頭後，決定暫時先收起所有文件。

赫蘿果然連看羅倫斯一眼都沒有。就算羅倫斯是個擅長於討好對手的商人，也無法照正常方式去討好赫蘿的心情。因為赫蘿的思路複雜古怪，如果她提示了解決方法，就只能遵照她的方法去做。想要詐，就等著承受恐怖的懲罰。

就在羅倫斯這麼想著時，赫蘿忽然抬起了頭。

雖說赫蘿挪開了身子，但畢竟是在空間狹窄的船上，羅倫斯立刻察覺到赫蘿有所動靜，並隨著她的視線看去。

她看著河川下游的方向。

或許赫蘿是在意先行南下的船隻吧。就在羅倫斯這麼想著時，一陣像是有什麼東西掉落似的噠噠聲響傳來。

當羅倫斯發現那是馬蹄聲時，就看見一匹馬從下游方向跑來，牠順著河邊道路奔馳，如箭矢般奔向這方。

「什麼啊？」

羅倫斯喃喃說道。因為沒聽到赫蘿回應，打算看向赫蘿的羅倫斯轉頭轉到一半，才想起赫蘿不肯跟自己說話的事實。

轉頭看赫蘿已經是羅倫斯的自然反射動作。

雖然他還是裝作是在自言自語，但這當然不可能瞞得過赫蘿。

事後一定會被赫蘿取笑。

這麼想著的羅倫斯不禁覺得心情沉重，跟著又想到萬一連問題都不能解決，不禁有些害怕了起來。

赫蘿一副完全沒察覺到羅倫斯舉動似的鑽出棉被，用輕快的腳步跳上船隻停靠的棧橋。

馬兒來到接近棧橋的距離後，放慢了腳步，騎在馬背上的男子在馬兒完全停下腳步前跳了下來。男子雖然披著斗篷，但拉高衣袖、露出胳膊的模樣讓人一眼就能看出他是個船夫。拉古薩等人像是特地從棧橋走上陸地迎接男子，看來他們似乎與男子熟識。面對拉古薩等人說出「發生何事」的詢問，男子連招呼都沒打，就與他們交談了起來。

或許是抱著不能打擾男子們交談的想法，無法加入話題的寇爾僅管在意談話內容，卻還是站在棧橋上，與男子們保持一段距離。

如果換成羅倫斯，他一定會為了聆聽談話內容而靠近男子們，所以寇爾的自制力可說相當值得讚許。

不知道赫蘿是否也給了相同的評價，她走近寇爾不知耳語了些什麼。

羅倫斯當然聽不到赫蘿說了什麼，但是寇爾先是一臉驚訝地再次看向赫蘿，跟著偷看羅倫斯的舉動，羅倫斯便明白赫蘿一定是說了與他有關的事情。

在這樣的狀況下，想也知道她不可能說出太友善的話語。

赫蘿再次對著寇爾耳語幾句後，寇爾表情認真地點了點頭。

她從頭到尾沒看羅倫斯一眼。

雖然羅倫斯已經不會再產生擔心赫蘿會消失不見的感覺，但正因為如此，才更讓他有種不好的預感。

因為他心裡在想什麼，赫蘿全瞭若指掌。

「好吧，喂～我說老師啊！」

幾個船夫很符合他們的作風，迅速結束了交談。

拉古薩回過頭，一邊對著羅倫斯揮手，一邊大聲說道。

羅倫斯不得已只好站起身子，也跳上了棧橋。

赫蘿站在寇爾身旁，牽著他的手。

羅倫斯看見兩人，並沒有像看見阿瑪堤時產生的不鎮靜感，或許是兩人的模樣看起來很像姊弟的關係吧。

「有什麼事呢？」

「嗯，很抱歉，可能要麻煩你們走一下路。」

「走路？」

羅倫斯這麼反問時，已結束交談的男子再次騎上馬背，朝更上游的方向奔去。

男子手上拿著染成藍色的旗子。

看著旗子，羅倫斯有所察覺地心想，河川上應該發生什麼事情了吧。

「好端端的竟然有艘大型船隻擱淺，把整個河道都塞住了。因為每個傢伙都財迷心竅地只顧著趕路，等到他們發現時已經太晚了，於是就一艘又一艘地撞了上去。好像是有艘不知道哪兒來的船沉在河底的樣子。聽說都沒看見那艘沉船的船員蹤影，所以說不定是一場詭計呢。」

「這是……」

這是發生戰爭，或是饑渴的傭兵集團襲擊商船時會採取的手段。

這個地區有著坡度平緩、無限延伸的平原，這裡的河川光是有一根樁子被釘在河底，就足以讓低淺又脆弱的河道變得無法通行。

因此，不法之徒會故意讓船隻沉入河底製造假意外，然後襲擊被阻斷去路的船隻。不過，平時當然沒有人敢做出這樣的行為。因為如果這麼做，不知道會和徵收關稅的權力者們結下多深的樑子。

不過，羅倫斯知道有個不知死活的人敢做這種事。

對於這個人的膽識，羅倫斯只能脫帽致敬。

他甚至佩服得願意坦率地幫伊弗加油。

「那麼，會怎麼樣呢？」

羅倫斯指的當然是還去不去得成凱爾貝。去到凱爾貝的路程還走不到一半，但是要徒步回到雷諾斯，又有好一段距離。

如果找得到馬匹就另當別論，但比起載人，想必有更多想要載貨物的人吧。

「幸好沒有看到傭兵們的蹤影，所以應該不用多久就能夠恢復通行吧。不過，其他船隻因為載滿了貨物，所以動彈不得。除了有膽子跳進河裡再爬上岸的傢伙，其他人都只能束手無策。因為呢，我這艘船只要減少一些裝載貨物，就能夠多出一些承載空間，所以他們說想利用我的船，把那些擱淺船上的人以及貨物運到岸上。所以呢，真的很抱歉，要麻煩你們走一下。」

對已經答應承載乘客的船夫來說，讓乘客走路是一件極度有損名譽的事情。哪怕原因不是出在船夫身上也一樣。

抱著這般價值觀過活的船夫拉古薩，臉上蒙上了一層淡淡的陰影。

羅倫斯當然只能這麼說：

「我是個商人，只要乘船費能夠算便宜一些，要我走多少路，我都願意。」

拉古薩雖然一副「真是敗給你了」的模樣露出苦笑，但還是與羅倫斯握了手，這或許算是一種不同行業者之間的友情吧。

問題是赫蘿受不受得了——這麼想著的羅倫斯還沒回頭看向赫蘿，拉古薩就先接續說：

「不過，天氣這麼冷，總不能要一個女孩子在沒有任何準備下走路。再說，聽說一些信仰虔誠的傢伙們因為河川被堵住，脾氣暴躁的很，如果看見像是女神的女孩乘船南下，他們也會重振起精神吧。」

拉古薩的話語讓羅倫斯有些鬆了口氣。

因為光是想到要帶著不肯跟自己說話的赫蘿一起走路，羅倫斯就感到一陣胃痛。而且在這般寒冷氣候下走路，就算赫蘿的心情很好，也會抱怨個沒完吧。

「總之就是這麼回事，所以要先把貨卸下來才行。」

「我來幫忙吧。」

「哎呀，這樣好像是我很想要你幫忙，所以刻意說出來的樣子。」

拉古薩笑著說道。

羅倫斯只能有一個感想：拉古薩說話太有技巧了。

因為他這麼說，羅倫斯就絕對無法拒絕。

「不過，說要卸貨，也不過只有麥子和豆子而已。木箱還是只能保持這樣吧。」

「那麼，趕緊動手吧。」

羅倫斯一邊回頭看向船上的裝載貨物，一邊說道。這時，拉古薩開口說道：

「啊，對了！我剛剛偷聽到你們愉快的對話。」

「咦？」

因為方才與赫蘿的對話是那麼地讓人難為情，羅倫斯不禁慌張了起來。

「哎呀，放心啦，我沒偷聽到會讓你擔心的事情。」

看見拉古薩露出不懷好意的笑容說道，羅倫斯回以苦笑。

「沒有啦，我是在說有關艾尼幣的事情。」

「艾尼幣？」

「沒錯，就是艾尼幣。這個艾尼幣呢，正是我船上載著的東西。」

雖然羅倫斯早已想到拉古薩可能載著貨幣，但怎麼也沒想到會如此偶然。

或許拉古薩是抱著一點點惡作劇的心態在捉弄他？羅倫斯瞬間這麼思考，但仔細細想後，又覺得應該不至於如此。

如果是載著金幣或銀幣，勢必有護衛隨行，也就不可能讓羅倫斯般的旅人同船。

而且，拉古薩船上只載了大約十箱。這麼一來，因為一共要有五十七箱南下河川，所以應該另有四艘左右與拉古薩載著相同木箱的船隻。

而這些船主們事前早已說定要載什麼裝載貨物，所以不能像其他船主那樣運送皮草企圖大撈一筆。這麼一來，他們當然會在港口安穩地進行著一如往常的作業，所以也就很容易地吸引了羅倫斯的目光。

羅倫斯這麼一想後，也就覺得沒有什麼可疑之處。這麼一來，拉古薩會提到艾尼幣，或許是有什麼新情報吧。

羅倫斯露出商人的目光看向拉古薩後，發現拉古薩似乎老早就在等待著他這樣的反應。

拉古薩先以眼神示意要開始卸貨，再用動作向一直聽著兩人對話的寇爾與赫蘿做了一下暗示後，一邊搭著羅倫斯的肩膀，一邊湊近臉說：

「我對這個艾尼幣的話題也有點興趣。說到這銅幣，我這兩年都會在一定的日子運送一定的數量。正如你所說，南下河川、運送到珍商行的數量應該是五十七箱沒錯。雖然過去我從來沒在意過總共有幾箱，不過都是由固定成員來分配運送數量，所以我算了一算後，發現還真的是五十七箱呢。」

赫蘿拿了些許食物、水以及酒給寇爾，並要他穿上換穿的長袍。那長袍是用羅倫斯的錢訂做的上等貨。

雖然寇爾驚訝地想要拒絕，但最後還是硬被要求穿上了長袍。

寇爾原本的裝扮確實是太單薄了。

或許是第一次穿著長身衣物吧，寇爾一副不太會走路的模樣，但也不是真的那麼討厭穿長袍的樣子。

「本來只有五十七箱的銅幣從珍商行出貨時，卻變成六十箱，多了三箱出來。這表示不是有人暗地裡多載了幾箱，就是珍商行有著什麼企圖。」

走回船邊後，拉古薩身手矯捷地跳回船上，接著扛起裝有小麥的袋子，讓羅倫斯接過袋子放上棧橋。

寇爾一看見兩人忙著作業，便開始拉起自己也拿得動的、裝有豆子的袋子。

羅倫斯一邊暗自嘀咕「還真是個熱心的傢伙」，一邊心想寇爾應該是想偷聽他與拉古薩的談話吧。

「我很感謝每次都願意叫我載貨的珍商行，也很信賴和我一起做這個工作的同伴們。可是，你也知道現在是個什麼樣的時代，就算懷疑自己是不是在不知情之下，參與了什麼不良勾當，老天爺也不會怪罪人吧？」

就像寇爾會受騙一樣，世上經常上演著詐騙事件。

「當然了，拿著那些文件直接去詢問珍商行會是最快的方法，可是這每一箱的運費都相當優渥。萬一這真是珍商行的把柄，那我就傷腦筋了。」

這正是看人臉色過活者的苦處。

不過，羅倫斯接過最後一只小麥袋子，堆上棧橋說：

「我當然沒有揭露事情真相的打算。只要能夠在沙盤上推演，就夠我滿足了。」

「既然這樣，我也會把你的話當作旅行商人的玩笑話聽聽就算。即便我真的在不知情之下參與了什麼不良勾當也一樣。」

拉古薩笑著說道。

對於拉古薩這些在同一條河川工作一輩子的船夫們來說，討好貨主是攸關他們死活的問題。然而，萬一在不知情之下參與了什麼不良勾當，最後會被沉入河底的同樣也是他們。拉古薩應該是抱著至少該掌握到真相的想法，可是他又不能與在同一條河上過活的船夫們偷偷談論這件事情，因為船夫們之間的世界太狹窄了。於是拉古薩想到如果是外來的旅人，應當就是可以談論一番的對象了。

羅倫斯的這般猜測或許是想多了些，但想必和事實相去不遠吧。

寇爾從赫蘿手中接過行李後，沒多說什麼就連同自己的行李背在肩上。

他因為察覺到視線而看向羅倫斯，於是羅倫斯輕輕揮揮手示意寇爾先走。

「那麼，夥伴就拜託你照顧了。記得別讓她看起來太神聖的樣子。」

「哈哈哈，崇拜者太多會很麻煩嘛。沒事的，走一下就到了。在太陽還沒下山前，我們應該早就會合了吧。」

羅倫斯點了點頭後，瞥了赫蘿一眼，結果發現赫蘿早已用棉被裹著身體進入了夢鄉。

看著赫蘿的睡姿，羅倫斯感觸極深地暗自說：「原來吵架也有各式各樣的方式啊。」

第四幕

徒步在河畔比想像中來得辛苦。

或許是長久以來習慣馬車旅行的緣故吧，雖然不覺得疲累，但羅倫斯卻很難跟上寇爾走路的速度。

羅倫斯不禁想問：到底要怎麼移動雙腳，才能走得那麼快啊？

從前因為太羨慕有馬車可坐的旅行商人，所以拚了命以兩倍以上的速度行走。那段時光還真教人懷念。

「走那麼快也沒什麼好處。」

羅倫斯終於忍不住開口。

「是的。」

寇爾順從地答道，並且放慢了速度。

拉古薩的船隻在減輕重量後，載著赫蘿南下河川，轉眼間就沒了蹤影。因為跟在後頭的都是大型船隻，全被擋在方才的關卡，所以河川變得安靜無聲。

看著有如蛞蝓爬過平地般滑溜、閃耀著光芒的河面，也是件挺有趣的事情。

就羅倫斯個人來說，他比較喜歡用「在大地鋪上一層玻璃」來形容河面，不曉得這樣會不會太誇張了些？

就在他這麼想著時，一條魚跳出了河面。

玻璃的形容就這麼被跳出河面的魚破壞了。

「那個，老師。」

身旁的小魚也發出了水聲。

「怎麼了？」

「艾尼幣的話題……」

「喔，你是想問能不能賺錢啊？」

可能是與赫蘿相處久了而變成習慣，羅倫斯壞心眼地問道。寇爾表情苦澀地點了點頭。

這少年似乎對於賺錢的行為感到羞恥。

羅倫斯面向前方，用鼻子吸進冰冷空氣，再從嘴巴吐出說：

「應該不能吧。」

「……這樣啊。」

因為寇爾穿著赫蘿的長袍，所以看見他，就彷彿看見了赫蘿垂頭喪氣的模樣。

羅倫斯對不禁伸出手的自己感到驚訝，但寇爾只是顯得有些吃驚，還是乖乖地讓羅倫斯摸他的頭。

「不過，你的樣子實在不像會缺錢啊。」

從寇爾頭上挪開手後，羅倫斯做了幾次張開又握緊手掌的動作。

羅倫斯以為觸摸寇爾頭部的感覺會與赫蘿有所差異，卻發現除了摸不到耳朵之外，可說沒什麼不同。

如果站在後方看寇爾的背影，相信與赫蘿的不同，也只在於少了尾巴的蓬鬆感而已吧。

「您這話的意思是？」

「嗯？就是字面上的意思啊。說到流浪學生，自然會聯想到一群聰明的傢伙帶著數都數不完的錢，整天飲酒作樂。」

用「數都數不完的錢」來形容或許稍嫌誇張，但是在這群流浪學生當中，有些人賺到的錢，用來聽十次博士的全程講課都還有剩。

而寇爾甚至連聆聽一次的講課都成問題，所以才投資了書本生意。

「是、是的……確實有這樣的人。」

「你曾想過他們是怎麼賺錢的嗎？」

「……我覺得，他們一定是從別人手中奪走金錢。」

看見自己無法想像的結果被他人握在手中時，人們總是會認為那個人做了什麼非法勾當。

最後甚至會如此斷論：那個人採取的方法，本質上一定跟我完全不同。

羅倫斯這次給寇爾的評價低了些。

「那些傢伙啊，應該是用跟你一樣的方法在賺錢。」

「咦？」

寇爾一副「怎麼可能」的表情抬頭看向羅倫斯說道。

那就像羅倫斯確實做了很漂亮的反擊時，赫蘿臉上會有的表情。

既然對手不是赫蘿，就可以安心地得意一下。

羅倫斯發現自己有這般想法，不禁有些自嘲地笑笑，然後搔了搔臉頰說：

「嗯。還有呢，那些傢伙跟你不一樣的地方，在於努力程度的多寡。」

「……努力的程度多寡，是嗎？」

「沒錯。你應該也是在旅途中向人家借住一晚，或是向人討來一餐飯，一路走到這裡來的吧？」

「是的。」

「你那表情好像在說『我也是一路努力過來的』。」

聽到羅倫斯笑著說道，寇爾的表情變得僵硬，面向前方低下了頭。

寇爾在鬧彆扭。

「你一路努力過來的，是如何誠心誠意地求人讓你進到屋簷下躲雨，如何討到熱騰騰的粥好溫暖冷透了的身體。」

寇爾只讓視線往左右移動，然後點了點頭。

「那些傢伙就不一樣了。他們把焦點集中在如何討得更多，以及如何討得更有效率。我聽到的方法真的很厲害，連商人都自嘆不如呢。」

雖然寇爾有好一會兒都沒有回應，但羅倫斯並不慌張。

因為他知道寇爾是個聰明的少年。

「是什麼樣的……方法呢？」

向人請教不是一件簡單的事情。越有智慧的人，越不容易做到這件事情。因為智者對自己太有自信，所以很難求教於人。

當然了，也有人一開始就會表示向人請教比較輕鬆。

這種人不會有如寇爾般的眼神。

然而，羅倫斯沒有立刻回答。他伸手拿起寇爾背在肩上的小桶子，拔出塞子喝了一口酒。

那是蒸餾到顏色變淺的葡萄酒。

羅倫斯開玩笑地把小桶子傾向寇爾，寇爾見狀，搖了搖頭。

寇爾眼底流露出害怕的神色。或許在旅途中，他曾因為喝了不知道是酒的烈酒，而被整得很慘吧。

「比方說，你敲了敲某住家的大門，結果要到了一條煙燻過的鯡魚。」

寇爾點了點頭。

「而且還是一條看起來營養不良，要是去皮，就找不到一丁點肉，只聞得到煙臭味的難吃鯡魚。那麼，你接著會怎麼做？」

「呃……」

這應該不是比喻，而是寇爾實際碰到過的狀況才對。

寇爾立刻想出了答案：

「我會……先吃掉一半，留下另一半。」

「然後，隔天再吃。」

「是的。」

羅倫斯不禁佩服地心想，真虧寇爾能夠活到今天。

「要到了鯡魚後，你不會接著去要熱湯嗎？」

「……您是要我拜訪多一些住家的意思嗎？」

寇爾不是用著顯得諂媚的眼神，而是露出有些不滿的眼神這麼說。

羅倫斯不禁覺得與他對話挺有趣的。

「你沒有這麼做，一定有你的理由吧？」

寇爾顯得不滿地點了點頭。

他不是那種不想理由就行動的笨蛋。

「因為……能夠成功要到一次，已經算是好運了。」

「是啊，這世上又不是到處都有好人。」

「……」

寇爾大口吞下了羅倫斯拋出的魚餌。

要是換成赫蘿，就會裝出已經吃下魚餌的樣子，然後把釣魚線綁在池底。還有誰能夠比她賊呢？她會在羅倫斯拉起釣竿的瞬間，把羅倫斯拉進池底。

就這點來說，面對寇爾就不需要擔心了。

「做生意呢，錢越多，生意越好做，是因為有很齊全的道具。可是呢，你總是手無寸鐵地上戰場，所以才會每次都弄得滿身是傷。」

寇爾的眼神在空中飄忽不定。

飄著飄著，忽然間恢復了精神。

這就是所謂的聰明。

「……要把鯡魚當作道具，是嗎？」

羅倫斯的嘴角不禁上揚，臉頰隨之感到一陣疼痛。

他心想，原來世上也有這種喜悅啊。

「沒錯。要拿著那條鯡魚，前往下一戶人家乞求布施。」

「咦？」

寇爾驚訝得連臉上的表情都消失了。

這也難怪吧。

他八成在納悶「已經得到一條鯡魚的人，去求他人再分一條鯡魚給他，有可能要得到嗎？」

然而，就是有可能要得到。

不僅要得到，而且更容易。

「拿著鯡魚……對了，如果有要比自己年幼同伴那更好，就帶著這個同伴去敲住家的大門。叩、叩、叩！有人在家嗎？敬仰神明的虔誠老闆啊，請您看一下，我手上有一條鯡魚；可是，我不能吃掉這條鯡魚。您看，這位是我年幼的旅伴，今天是他一年一次的生日。懇求您大發慈悲，施捨一些錢好讓我把這條鯡魚做成派，讓年幼的可憐小羊填飽肚子。只要有足夠的錢把鯡魚做成派就好了，求求您、求求您……」

如果是要向人哀求，那也是商人的拿手好戲。

羅倫斯唱作俱佳地表演完後，寇爾吞了一口口水注視著羅倫斯。

「要是聽到有人這麼說，你會怎樣？有誰拒絕得了嗎？而且，提到『只要有足夠的錢把鯡魚做成派』是個重點。因為根本不會有人為了幫忙做派，而特地跑去生爐灶的火吧。如果那個人願意布施，一定會給錢。」

「啊，也、也就是說，可以不停地要錢……」

「沒錯。拿著一條鮮魚就可以一戶接一戶地討錢，當中或許還會有人說著一條鮮魚太少，然後拿出其他各種食物。最後呢，繞完城裡一圈後，拍拍屁股走人。」

寇爾一副神情恍惚的模樣，倘若在他身旁立起寫有「恍惚」兩字的牌子，一些有特殊嗜好的人說不定會施捨錢給他。

寇爾內心正感受著翻天覆地般的衝擊吧。

世上有許多狠角色，他們能若無其事地做出讓人意想不到的事情。

「這樣應該還不會嚴重到為求自己溫飽，只得犧牲他人的地步吧。換個角度想一想，布施給貧窮流浪學生的行為並沒有錯，而且布施者只需要花一點點小錢，就能讓自己沉浸在做了善事的情緒裡頭，這樣誰也沒損失啊。如果有多餘的食物或金錢，分給同伴們就更好了。如何？有學到東西了嗎？」

赫蘿的睡臉之所以顯得可愛，是因為她平常讓人無法掉以輕心、如狼般狡猾的模樣變得毫無防備。

不過，那樣的表情可不可愛，或許與平常的模樣沒什麼關係。

寇爾因為受到太大的衝擊，不禁露出毫無防備的表情，那表情雖然不及赫蘿，卻也相當可愛了。

「無知乃是罪惡。」

羅倫斯頂了一下寇爾的後腦勺說道，寇爾點了點頭，跟著嘆了口氣說：

「我聽過……不知情者總是自己。」

「嗯，是有這樣的說法沒錯。不過，重點就是呢——」

羅倫斯說到一半時，後方傳來了馬蹄聲。

被阻斷去路的船隻當中，應該有人載著馬匹吧。

羅倫斯看見不知道是坐在馬背上，還是坐在皮草堆上的人們呼嘯而過。

一匹馬、兩匹馬、三匹馬。

總共有七匹馬呼嘯而過。

在這當中，有幾人能得到如同預期的收益呢？

就算掌握到了什麼情報，想在其中獲取利益仍然是件很困難的事。

最重要的是——

「最重要的是，想出沒有人想到的點子。『無知乃是罪惡』裡頭指的『知』不是知識，而是智慧。」

寇爾瞠大眼睛，咬緊了牙根。

他加重了握緊背包繩子的力道，雙手微微顫動著。

然後抬起頭說：

「謝謝您的教導。」

真的，每次拿到好處的似乎都是神明。

與寇爾的兩人行還挺愉快的。

不過，對於剛剛赫蘿說了什麼悄悄話的提問，寇爾就是不肯回答。

這也難怪了，誰叫他身上穿著赫蘿的連帽外套呢。

赫蘿早就在寇爾身上灑上了自己的味道。

想要蓋過她的味道似乎很困難。

「啊，看得到了。」

「嗯……對啊，好像挺嚴重的樣子呢。」

因為前方不見任何阻礙物，所以走在微微傾斜的下坡路上，遠方景色一覽無遺。

儘管距離目的地還有好一段路，還是能掌握到大致的狀況。

如拉古薩所說，前方有一艘大型船隻斜向插入河中，其後方有多艘歪來倒去的船隻像堆上去似的停在河道上。

有一艘船停在距河岸最近的位置，那應該是拉古薩的船吧。

岸上似乎也有幾人騎在馬上，他們多半是聽到緊急通報而趕來的貴族使者吧。

似乎還有其他很多人忙著動作，只是目前還看不清楚他們在做什麼。

「怎麼感覺像在舉辦祭典一樣……」

聽到寇爾一臉呆然地說道，羅倫斯不經意地看向他的側臉。

或許是因為寇爾的視線望著遠方吧。他的側臉看起來像是在懷念故鄉、帶了點落寞的感覺。

儘管羅倫斯也是因為受不了故鄉那種彷彿快讓人窒息的氣氛，才會離開那座貧窮荒村，但還是會常常思念起故鄉。

太陽已落入地平線底下好一大半，光芒也點綴起了色彩，但寇爾眼裡之所以泛著光，想必不是因為陽光反射吧。

「你在哪一帶出生的啊？」

羅倫斯不禁這麼發問。

「咦？」

「你如果不想回答，也沒關係。」

羅倫斯自己被別人問及故鄉在哪裡時，也會為了顧及面子，而回答離出生的村落最近的城鎮名稱。

不過，這麼回答的原因多半在於即使說了村落名稱，也沒有人知道。

「呃、呃……在一個叫做彼努的地方。」

儘管寇爾顯得戰戰兢兢地答道，羅倫斯還是不認得這個地名。

「抱歉，我不知道那是哪裡。在哪一帶？東方嗎？」

從「彼努」的語感聽起來，像是位於遙遠東南方的感覺。

那裡是擁有石灰岩和溫暖海洋的國家。

當然了，羅倫斯也只是這麼聽說過而已。

「不是，是在北方。老實說，距離這裡並不遠……」

「喔？」

北方人會想要學習教會法學，應該是南方來的移居者吧。

很多人為了追求新天地，拋售家產來到北方。

然而，大部分的人似乎都無法適應新的土地，面臨重重困難。

「有一條名為樂耶夫的河川，會流進這條羅姆河……您知道嗎？」

羅倫斯點了點頭。

「彼努是在樂耶夫河上游地區……的深山裡面，那裡冬天……很冷，下雪的時候很漂亮喔。」

羅倫斯感到有些驚訝。

在雷諾斯鎮向里戈羅借來的書本上，記載著有關赫蘿的傳說。傳說裡就描述著赫蘿來自樂耶夫的深山。

不過，在這一帶徘徊的人當中，或許來自南方的人本來就比較少見吧。

再說，樂耶夫河很長。住在該流域的人數，應該是壓倒性地多過南方來的人數。

「從這裡慢慢走回彼努，頂多只需要花半個月左右。我會來到北方，雖然是抱著或許找得到工作的想法，不過，萬一真的撐不下去時，我打算先回家一趟……」

看見寇爾一副難為情的模樣說道，羅倫斯當然沒有取笑他。

無論在何時，人們總需要抱有令人難以置信的決心，才有辦法離開貧窮荒村。

不管是在不顧制止之下，還是在熱烈支持之下離開，在還沒達到目標前，不是說一句想回去，就能夠輕輕鬆鬆回去的。

不過，想回到故鄉是每個人在任何時候都會有的情緒。

「你說的彼努是個移居地嗎？」

「移居地？」

「就是南方來的移居者居住的地方。」

寇爾先是露出有些呆然的表情，跟著搖了搖頭說：

「應該不是。不過，我曾聽說很久以前發生過一場山崩地裂，村落原本的所在位置因此掉進了湖底下……」

「啊，我只是想到如果是北方人，應該不會想學教會法學才對。」

聽到羅倫斯的話語，寇爾不停眨著眼睛，跟著有些自嘲地笑著說：

「老師也……啊，我說的老師是指里恩博士，那位老師也說過一樣的話。他說：『像你這樣在異教之地出生的人，應該接受教會更多的教誨。』」

寇爾有些害羞的笑容，在羅倫斯看來卻像自嘲的笑容。

「那是一定的吧，是不是也有傳教士去你們村落？」

如果是個穩健的傳教士來到村落，那當然正是所謂的神明恩寵。然而，來到村落的，多半是假借改宗之名，實際上為了掠奪及殺戮而佩劍前來的傳教士。

不過，如果真是如此，寇爾應該會憎恨教會，根本不可能想學教會法學才是。

「傳教士沒有來到彼努。」

說著，寇爾的視線再次拉向遠方。

他的側臉上帶著不像這年紀的少年應有的表情。

「傳教士從彼努越過兩個山頭，到了另一邊的村落。那裡住了很多獵捕狐狸和貓頭鷹的高手，是個比彼努還小的村落。某天，南方來的教會人士去了那裡，然後蓋了教會。」

後來，村民聽了傳教士的可貴傳教，就此有所醒悟地接受了神明教誨……這當然不可能是故事的後續發展了。

只要思考一下，就能夠立刻知道其原因。

「不過，村落早有各自崇拜的神明，於是教會開始攻擊反抗的村民。」

寇爾驚訝地看著羅倫斯。

光是看他的反應，就足以證明羅倫斯所說無誤。

「說起來，我現在應該算是教會的敵人。你願不願意告訴我詳細情形？」

聽到羅倫斯如此說道，依然面帶驚訝神情的寇爾打算開口說話，但還是閉上嘴巴，沒能說出話來。

然後，他微微垂著頭讓視線在空中游走，最後再次看向羅倫斯說：

「真的嗎？」

看得出來寇爾不習慣懷疑他人。

他這樣的爛好人個性，將來一定會很辛苦吧。

不過，相對地有其可愛之處。

「嗯，我可以對天發誓。」

聽到羅倫斯的話語，寇爾的表情變得扭曲，那表情可愛得會讓人不禁想要伸手摸他的頭。

「……我聽說兩百二十年來，附近所有村落的村長還是第一次聚在一起開會。村長們開了好幾天的會，討論著應該乖乖聽從教會，還是應該起身奮戰。如果我記得沒錯，當時的氣氛根本感覺不到教會有意願與我們溝通。每天越過山頭傳來的，淨是一些某某人又遭到處決的消息。可是，後來到了冬天，教會裡地位崇高的人生了病，吵著說不要死在這種異教之地，於是下山去了，村落也因此獲救。不過，我們不僅熟悉山勢，人數又比較多，如果真的發生戰爭，也會是我們獲勝吧。」

如果寇爾說的是真心話，在教會殺害村人的當下，村落應該早就挑起戰爭了。

之所以沒有這麼做，想必是因為村民們都明白如果輕易挑起戰爭，萬一教會呼叫救兵前來，他們絕對打不贏對方吧。

就算是深山裡的村落，也不是完全接收不到外來的情報。

「可是，聽到教會裡地位崇高的人因為生病，就二話不說地離去時，我突然有一個想法。」

寇爾已經說得這麼清楚了，羅倫斯當然也明白了他的想法。

確實是個很聰明的少年。

他沒有拘泥於非得保持信仰，只是合理性地選擇了最適合守護村落的方法。

只不過是穿起高位僧衣，就變得連人命的取捨都能輕易決定。寇爾察覺到的，正是如此可笑的權力。

學習教會法學後，就可以侵入教會的權力機構。

寇爾是打算藉由這麼做，來守護他們的村落吧。

「沒有人反對你嗎？」

一提到故鄉的話題，連強勢的赫蘿也會變得愛哭。

羅倫斯抓起帽緣，為兩手拿著東西的寇爾擦去淚水。

「只有村長和……大婆婆……贊成我的想法……」

「這樣啊，他們肯定打從心裡認為你一定做得到。」

寇爾點了點頭後，停下腳步用肩膀擦掉淚水，再次踏出步伐。

「他們還偷偷塞了錢給我……所以，我真的很想設法再回到學校去。」

這或許是寇爾需要金錢的最大動機吧。

無論在何時，不是為了自己，而是為了他人戰鬥的人永遠都是最強的。

只是，羅倫斯不是什麼富商，沒辦法當寇爾的贊助者。

不過，他或許能夠幫一點小忙。

這一點小忙可能是如何賺小錢的方法，也可能是如何避開陷阱的方法，或許這樣就能夠讓寇爾的旅途增添一些色彩。

「我現在沒辦法立刻給你錢或怎樣，不過……」

「嗚……呃……不、不用，您不需要這麼做。」

「那個銅幣的話題，如果你找得到能夠讓拉古薩船長接受的答案，他或許會給點錢表示答謝。」

羅倫斯之所以沒有說正確答案，是因為如果不去詢問珍商行，就不可能得知正確解答。不過，就算不能向珍商行確認，還是有可能想出能夠讓拉古薩接受的答案。

這樣一來，就算期待能夠拿到一些答謝金，也不會遭受天譴。

因為刺兒扎到手指頭，而求他人幫自己拔出刺時，同樣必須答謝對方。

「不過，思考這個謎題的最大功用，還是在於緩和旅途的緊張情緒就是了。」

羅倫斯一邊笑笑，一邊說道，然後輕輕頂了一下寇爾的頭。

雖然赫蘿會說羅倫斯太認真，但是與這名少年比起來，羅倫斯算是輕率了。

「話說回來，你剛剛說的祭典是指彼努的祭典嗎？彼努的祭典就像那樣啊？」

說著，羅倫斯指向全貌已幾乎完全呈現在眼前的擱淺現場。

河畔上，有座由船身殘骸堆疊而成的小山，旁邊有幾名男子為了烘乾衣服起了火。

不過，最精采的當然不是這些景象。

而是從擱淺船底下延伸出來的繩索，以及站在岸上拉扯繩索的眾多男子們。

男子們的裝扮、年紀都不同。他們的唯一共通點就是，每個人都是在南下河川途中遇上災難的倒楣鬼。

因為那些真的愛錢如命的人們應該早就扛著貨物南下，所以現場大部分的人都拋開貨物，使勁地拉著繩索。

不僅看得見騎士掀開長外套賣力演出，就連騎士的馬兒也加入了拔河。在這樣的狀況下，現場氣氛很快地高漲起來。船上的人們也各自握住篙，一邊注意著不讓船隻翻船或被沖走，一邊齊聲高喊。

寇爾一副入神的模樣注視著這般光景，接著總算回過頭，看向羅倫斯說：

「這邊的好像比較有趣。」

看見寇爾的表情，羅倫斯好不容易才吞下差點脫口而出的話語。

或許是因為聽了赫蘿的發言，使得羅倫斯不禁心想，如果要收徒弟，可能沒有人比寇爾更合適了。

而且，結束與赫蘿的兩人之旅後，羅倫斯本來就必須重新面對寒冷、辛苦又孤單的行商旅途。這麼一想後，羅倫斯不禁覺得就算寇爾不能替代赫蘿，也是個夠資格坐上駕座的少年。

然而，寇爾有他的人生目標，而且這個人生目標並非為了他自己。

所以，羅倫斯花了好大的工夫才吞下「要不要當我的徒弟？」這句話。

羅倫斯不禁有點想對老天爺抱怨：「為什麼不讓寇爾的人生目標是當個商人啊？」

「那這樣，我們也去加入他們吧。拉拉繩索後，再怎麼冷，也會變暖和吧。」

「好的。」

於是，羅倫斯與寇爾繼續往前方走去。走著走著，便看見在河上身手輕快地划著船的拉古薩面帶笑容一邊揮動篙，一邊朝向這兒搭腔。

從遠方觀望與實際拉起繩索的感覺大不相同。

因為腳下全是泥炭，所以一用力踩踏，腳步就會滑動。不僅如此，沒戴著手套就直接握住繩索，會使繩索在寒風之中毫不留情地摩擦著掌心。

更慘的是，繩索前端綁在船身沉入河裡的部位，不管大家怎麼拉扯都沒有動靜；於是大夥兒卯足全勁用力一拉，沒想到木板突然裂開，繩索也失去了著力點。

這麼一來，大夥兒當然全都人仰馬翻地摔倒在地，全身也一下子沾滿了泥巴。

以羅倫斯為首，商人和旅人們一開始幹勁十足地拉著繩索，但隨著倦態開始出現，明顯看得出這些人的幹勁逐漸消失。

不管再怎麼努力拉扯，如果只拉得起用繩索綁住的船身碎片，士氣當然振奮不起來。

在這般寒風刺骨的氣候下，光著身子跳進河中，再用繩索綑綁住沉船的年輕船夫也鐵青著嘴唇，臉色變得一片慘白。

因為受到在現場生著火、恰巧同船的旅行女藝人與女縫紉工，再加上赫蘿的鼓舞，年輕船夫們勇敢地跳進河中。但河水的冰冷程度，並非只靠著志氣就能夠抵禦。從他們爬上河岸時的模樣，就能夠看出他們有多麼地痛苦。

後來，年長的船夫終於看不過去地出聲阻止。船夫似乎天性固執，固執得無法主動說出自己已經撐不下去。年輕船夫們懊惱地扭曲著臉，那模樣讓人看了，不禁為之心疼。

而且，負責拉扯繩索的羅倫斯等人這方，也逐漸死心而彌漫著「看來不行了」的氣氛。商人就是這樣，只要做出無利可尋的判斷，說翻臉就翻臉。

以河川維生的船夫們為了名譽以及拚一口氣，當然很想拉起擱淺船隻，但眼見一人接著一人鬆開繩索、癱坐在地，似乎也認清了不可能拉起船隻的事實。船夫們以一名壯年船夫為中心聚集在一起後，立刻做出了結論。

不管是雷諾斯，還是凱爾貝都離得頗遠，也到了天色就快轉黑的時刻。

若硬是拉長時間，可能會讓旅人們留下不好的印象。

後來沒過多久，拔河就宣告中止了。

雖然羅倫斯不是那種平時不注重養生的人，但也沒什麼機會做如此耗費體力的工作。

他感覺全身到處都像綁上了鉛塊般沉重，唯獨手掌心如火燒似的發燙。或許是因為天氣寒冷，紅腫的左臉頰似乎不怎麼痛。

「要不要緊啊？」

搭腔的是羅倫斯，被搭腔的是老早就脫隊的寇爾。或許是看見四周的人散發出祭典熱氣在賣力拔河，寇爾一開始也受到氣氛感染，使了相當大的力勁。

但畢竟寇爾的身形纖細，如其外表呈現出來的瘦弱感一樣，他一下子就耗盡了體力，一副很不好意思的模樣走到遠處坐了下來。

「啊，不要緊……真的很抱歉。」

「沒事。你看那些商人，他們臉上都寫著『你做了聰明的決定』。」

羅倫斯頂出下巴，指向三三兩兩就地而坐的商人們說道。對於損益計算，世上最斤斤計較的，就非這些人莫屬。這些人一副自己投入的勞力與結果不符的不滿表情，完全沒有想要隱藏情緒的意思。

其中也有幾個人對著船夫惡言相向，他們應該是打算載著皮草南下的一群人吧。

這些人大喊著：「你要怎麼賠償我的損失啊！」

羅倫斯想到自己倘若也在運送貨物的途中遇到這種意外，不禁覺得能夠體會他們的心情。所以，儘管同情遭到商人們惡言相向的船夫，羅倫斯還是沒有出聲勸止。

而且，現場所有人當中，此刻心境最如坐針氈的，就屬那些自己搭乘的船隻疊在沉船上方的人們。尤其是那艘比拉古薩的船還大上三倍的船上，載了堆積如山的皮草。那些皮草目前已經被卸下到岸上。看著如此大量的皮草，羅倫斯不禁暗自說了句：「這也難怪吧。」載了如此大量皮草的船隻就算沒撞上沉船，也很可能因為一點小意外而擱淺。

羅倫斯掃視現場一圈後，沒發現像是會做這種惹人非議之事的人們。

難道他們是害怕受到指責，所以躲起來了嗎?可是，現場散發出來的，已不是那種能夠說他們膽小或卑鄙的氣氛。

在貿易上，要說送達貨物的先後順序，等同於能夠獲取利益的先後順序，可說一點也不誇張。在擁有港口可供巨大船舶載著大量貨物停靠的港口城鎮，這更是真實存在的現象。人們甚至會說，載著相同貨物的船舶，唯有第一、二名抵達的船隻，方能獲取利益。

因為河川鮮少發生沉船意外，所以這次的沉船無疑是伊弗的技倆。不過，以確保利益的角度來看，這種行為確實是最可靠的方法，也是最能夠讓在後頭追趕的人們抱頭痛思的方法。

幾名看似商人的男子沒有互相抱怨，只是抱著頭癱坐在地，想必他們正因為不知能否順利脫手皮草，而陷入了不安的漩渦吧。

他們幾人當中，有多少人能夠一直保持理性呢?這個問題恐怕只有老天爺知道。

就算他們會變得想遷怒他人，也不足為奇。

「接下來會怎麼處理呢？」

寇爾從行李取出皮袋，一邊遞給羅倫斯，一邊問道。

他當然不急著趕到凱爾貝，應該純粹是想找個話題而已。

「河川是由很多地主共同擁有，在河川上發生的意外將由這些地主負責處理。明天一大早，擁有這段河川主權的領主八成會派出馬匹和人手來到這裡吧。如果利用馬匹來拉船，嗯，應該很快就能拉上岸了。」

「原來如此……」

寇爾愣愣地注視著河川，或許他是在想像數匹馬兒齊拉繩索的畫面吧。

羅倫斯一邊看著船頭朝空中突起、彷彿就快飛上天空的擱淺船隻，一邊把皮袋湊近嘴邊。

這時，忽然傳來了腳步聲。

羅倫斯以為是赫蘿走來，於是轉頭一看，結果看見了拉古薩。

「不好意思啊，讓你走路。」

拉古薩輕輕揮手說道。在拉古薩舉高手之際，羅倫斯發現就連他的厚實掌心都變得紅腫。

為了把貨物和人們載到岸邊，拉古薩一定在塞滿了船隻的河川上奮鬥了好一陣子。

讓船隻盡量靠近岸邊的作業，肯定使拉古薩消耗了比平時更多的體力。

只要有一部分船底抵住河岸，就必須花費很大的力氣才能夠移動船身。

「不會，我還挺喜歡在河畔上走路的。」
「哈哈哈，那我就相信你說的囉。」
拉古薩露出了苦笑，然後一邊搔了搔臉頰，一邊看向河川夾雜著嘆息聲說：
「真是的，運氣太背了。不過，明天早上應該就會處理好吧。」
「沉入河底的船是不是和皮草事件有關？」
即便不是羅倫斯，其他人也會有這樣的想法。
拉古薩點了點頭回應羅倫斯的詢問，粗魯地摸了摸寇爾似乎太累而發愣的頭，回答說：
「是吧。不過，犯人還真是不怕死啊。可能是個為了賺錢，連命都不想要的傢伙吧。要是刻意讓船隻沉入河裡，就必須接受車輪刑，不得異議。想到就覺得恐怖啊。」
車輪刑是將人綑綁在車輪上輾斃，再連同車輪固定在高丘上任憑烏鴉啄食屍體，可謂極其淒慘的一種刑罰。
伊弗是否有自信能夠平安逃跑呢？
對於伊弗，羅倫斯沒有利益被奪走的恨意，他甚至願意為伊弗能夠平安獲取利益而祈禱。
「對了，那你們兩位怎麼打算？」
「……怎麼打算的意思是？」
「從這裡徒步南下，可以在關卡旁邊找到旅館。不過，那裡實在不適合婦女投宿就是了。」

拉古薩一邊說道，一邊移動視線看向赫蘿。

提到赫蘿，她正開心地與身材高䠷、看似旅行藝人的女子交談。

「那艘顏面掃地的船隻船主還有貨主，現在正前往河川的上游地區和小販們溝通。到了傍晚，應該會送來酒和食物吧。可是，如果要等到酒和食物送來，肯定就得露宿野外。」

羅倫斯總算明白看不到那些人的原因。

「旅途上睡在沒有屋簷遮擋的地方是很正常的事。不如說我們還比較高興能夠睡在陸地上，不用擔心睡在船上搖來晃去的。」

聽到羅倫斯這麼回答，拉古薩一副光線很刺眼的模樣扭曲著臉，動作滑稽地聳了聳肌肉隆起的肩膀。

然後嘆了口氣說：

「幸好船上的乘客都是商人。如果是傭兵，絕對沒好事。」

「我有看到幾個人開口大罵。」

「哈哈，如果只是開口大罵那還好。那些傭兵啊，可是會什麼也不說地立刻拔劍呢。」

看見拉古薩說話時表現得若無其事的模樣，反而令人更覺恐怖，寇爾一副像是吞下了葡萄籽似的表情縮起了身子。

「不過，一想到不知道是哪個傢伙把船沉進河底，我心中就有氣。絕對要叫布爾格伯爵把那傢伙抓起來。」

雖然羅倫斯想幫伊弗加油，但也能理解拉古薩的憤怒。

不過，他覺得自己如果回應了這個話題，恐怕內心想法會被識破，於是換了個話題：

「拉古薩先生船上也載了急件，是吧？」

拉古薩的船上載了銅幣。

如果是計畫越過海洋送達對岸的貨物，該貨物的送達時間限制一定比一般貨物來得嚴格。

「是啊。誰叫在快到雷諾斯的地點時，約好要交貨的那個商人遲到，所以行程本來就耽誤了。想到抵達凱爾貝後要面對的事情，就教人心情沉重。我明明一點錯都沒有啊！」

「我以前也送過這類貨物，真的會讓人很緊張。」

以生產一件衣服為例，從運送原料，到加工、染色、縫製當然都是在不同城鎮進行，最後甚至會在不同地點銷售衣服。

由商人交給商人、貨主交給貨主，如此不停運送著的貨物只要在一個環節有所耽擱，就會影響到所有的進度。

買來在遙遠異國剃下的羊毛，在越過海洋的對岸製作成衣服。光是能夠實現這樣的事情本來就像是個奇蹟了，如果連這樣的衣服換成金錢的時間都想指定，那恐怕只有神明辦得到吧。

然而，對於越不可能辦到的事情，人們往往越會以一副理所當然的態度要求他人完成。

儘管知道不可能辦到，不得不賺錢的人們還是得硬著頭皮運送貨物。

拉古薩的辛勞實在令人同情。

「就是啊，而且這些貨物還有著隱情。說到這個，你有想到什麼了嗎？」

拉古薩所指的，應該是送達位於凱爾貝的珍商行的貨幣數量，與從珍商行送出的貨幣數量不符吧。

或許拉古薩是認為如果能夠發現是什麼隱情，心情會暢快一些吧。

「很遺憾的，沒有。」

「反正一直以來也沒有人發現什麼，沒那麼容易知道吧。」

拉古薩這樣的說法也頗有道理。

「對了。」

「嗯？」

轉動脖子讓骨頭發出喀喀聲響後，拉古薩重新面向羅倫斯，接續說：

「你和你的女伴是不是吵架了？」

「為……」

羅倫斯沒能夠冷靜地回答：「為什麼你會這麼認為？」就等於承認了與赫蘿吵架。

而且，就連快要打起瞌睡來的寇爾，也抬起頭看著羅倫斯。

羅倫斯納悶地心想，他們怎麼會知道與赫蘿吵架了呢？

「沒什麼。我看事情已經告了一個段落，你的女伴卻到現在都還沒來找你，所以才在想你們是不是吵架了，沒想到是真的是啊。」

聽到拉古薩說道，寇爾也點了點頭。連寇爾也做出這般反應，讓羅倫斯內心受到一些衝擊。

「喂喂，你們兩個感情那麼好的樣子，我可不接受你完全沒自覺的說法喔。你們兩個根本就像一分一秒都不想離開對方的樣子，對吧？」

說著，拉古薩把話題丟給了寇爾。儘管顯得有些保留的模樣，寇爾還是用力地點了點頭。

羅倫斯別開臉，用手摀住了眼睛。

「哈哈哈，你以後可不能變成這樣的大人喔。」

拉古薩的追擊讓羅倫斯不禁輕輕慘叫一聲，接著聽到寇爾顯得有些困惑的回應，讓他受到更強烈的打擊。

要是赫蘿在場，不知道會說出什麼話來。

不，說不定她正用著狼耳朵偷聽著呢。

「喏，你說來聽聽啊。」

「……咦？」

「說你們為什麼吵架啊。等酒和食物從上游送來後，就沒其他事情可做了，大夥兒一定會辦起酒席來。現場都是一些滿腹牢騷、鬱鬱不平的傢伙，到時他們黃湯一下肚，就會全變成大野狼。」

拉古薩不懷好意地咧嘴一笑，露出了雖然排列不太整齊，但像是再硬的野草也能夠磨碎似的強固牙齒。

羅倫斯在一路走來的旅途上，有了豐富的收穫，這讓他在聽到拉古薩的玩笑話後，還能夠保持冷靜。不過，在酒席的熱鬧氣氛之中，不能與赫蘿說話畢竟是很大的損失。

更重要的是，羅倫斯與赫蘿兩人還沒明確決定何時結束旅行，所以當然不能虛度旅行結束前的每一天。

在將來，還有多少機會能夠與赫蘿參加酒席呢？

對於損益計算，商人可說相當、相當地斤斤計較。

而且，不可否認地，羅倫斯也確實不明白赫蘿為何生氣。或許，年紀比他大上一、兩輪的拉古薩能夠輕鬆想出理由。

問題是，他必須說出與赫蘿的關係。

羅倫斯好不容易能夠從容面對赫蘿，但他沒有堅強到把與赫蘿的關係告訴他人後，態度還能保持從容。

「喂，相信我好不好？這種事情呢，聽好啊——」

拉古薩的手臂只要揮動一下，想必就能夠讓與羅倫斯相同等級的對手昏厥過去。現在他用這樣的手臂勾住羅倫斯的脖子說道。

雖然拉古薩像是不想讓寇爾知道對話內容才做出這種舉動，但寇爾豎起耳朵，緊貼在拉古薩身旁。

「我最懂得怎麼解決這種麻煩事情了，你知道為什麼嗎？」

看見羅倫斯搖了搖頭，拉古薩鬆開手臂，挺起厚實的胸膛說：

「我在河川上划船逐流而行二十多年，我最懂得怎麼讓事情付諸流水了！」

拉古薩說完話的下一秒鐘，羅倫斯看見在他身後遠處，正與看似旅行女藝人交談的赫蘿像是噗嗤笑了一下。

赫蘿肯定是在偷聽。

她的心情看起來挺好的樣子。

既然這樣，想要盡早解決事情的應該不只羅倫斯一人。

而且，雖然不見得有幫助，但羅倫斯覺得或許可以與拉古薩聊聊。因為從旁觀者的角度來看，似乎很容易就能夠看出他與赫蘿的關係。

「既然這樣……那可以請教你一下嗎？」

「包在我身上。」

不僅拉古薩，就連寇爾也把臉湊近了羅倫斯。

儘管年齡或是職業都不相同，甚至是在今天才認識彼此，羅倫斯卻忽然有種三人已是老朋友的錯覺。

他冷靜地想著，倘若是在遇到赫蘿以前，應該不可能發生這種事情。

這麼一想，就不禁覺得與赫蘿分手後，自己應該還能夠繼續走下去。

請問有破布或是不要的東西嗎？

當有人在現場揚聲這麼詢問後，意外地收集到了相當多的物品。

這些收集到的物品被堆高在河畔，而酒席的準備也順利地進行著。

在上游關卡販賣食物和食材的小販，因為賣出了騾馬背上載著的所有商品，所以毫不猶豫地享受著酒席招待。

雖然一開始有幾名商人對著擱淺船隻的船主，以及載了數量與其罪惡同樣重大的皮草貨主惡言相向；但就算打了對方，也不可能立刻讓河川恢復通行。

話雖這麼說，商人們當然也不可能甘願保持沉默。不過，或許應該說雙方這樣的互動，就像為了消除河川無法通行所產生的芥蒂，因而產生的一種儀式。

所以，事態最後還是沒有演變成雙方大打出手的地步。在皮草貨主大方招待酒和食物之下，大家一下子就恢復了笑臉。

既然改變不了現狀，如果不好好享樂，那就虧大了。

然而，連敵人與敵人都握手言和了，羅倫斯身旁卻沒有半個人陪伴。

就連拉古薩和寇爾都不在他身旁。

「喂，你以後絕對不能變成這樣的大人喔。」

羅倫斯向拉古薩兩人說明了赫蘿生氣的狀況後，兩人立刻陷入了沉默。

後來，好不容易等到拉古薩開口說話，卻不是對著羅倫斯，而是對著寇爾這麼說。

或許是因為顧及羅倫斯的感受，寇爾沒有回應拉古薩這句話，但對於「你當然也知道原因吧？」的詢問，寇爾有些遲疑地點了點頭。

拉古薩一副彷彿在說「既然這樣，有錯的人當然是羅倫斯」似的模樣，把粗壯手臂搭在寇爾肩上，硬是帶走了寇爾。

不過，拉古薩在離開之際，留下了一句話：

「河水當然會流動，但是河水為何會流動呢？」

這句話簡直就跟謎語沒兩樣。

雖然寇爾聽到這句話時，也不解地傾著頭，但是當拉古薩在他耳邊說了幾句後，便一副「原來如此」的表情點了點頭。

兩人似乎一下子就明白了赫蘿生氣的理由。

而且，兩人有一半像是想罵「怎麼連這麼簡單的事情都不明白啊」，一半像是要羅倫斯好好反省似的，把他一人丟在原地。

一個人被留下來的羅倫斯，覺得自己就像個沒能完成主人吩咐的工作，而被罰站在外頭的小伙子。

看見拉古薩與寇爾向赫蘿搭腔後，羅倫斯心中的這般感受變得更加強烈。

從他們三人不知為了什麼事情笑開懷的模樣看來，說不定是在談論有關羅倫斯的事情。

不，從態度顯得不自然的赫蘿不肯看向這兒，拉古薩與寇爾卻不時看過來的表現看來，他們三人肯定是在談論有關羅倫斯的事情。

拉古薩與寇爾發現羅倫斯在看他們後，用著就算從遠方也能夠清楚看見的明顯動作聳了聳肩，然後露出顯得刻意的笑容。

赫蘿的反應也沒好到哪裡去，她從拉古薩懷裡拉出寇爾後，又是摸頭、又是擁抱的，玩得好不開心。

羅倫斯清楚看見寇爾驚訝地翻著白眼。這時他總算瞥了這兒一眼，而羅倫斯也只能板著臉別開視線。

三人可說是聯手起來捉弄羅倫斯。

但不可思議地，他卻不覺得生氣。

不僅是被赫蘿，就連被拉古薩或寇爾捉弄，他也不覺得生氣。

如果是在前一陣子——也就是與赫蘿相遇之前，羅倫斯深信商人的名聲如果受損，就很不容易挽回。

所以，他總是驕傲地挺直胸膛、總是愛逞強、總是愛扯謊，從不相信任何人。

而現在，羅倫斯清楚知道這樣的態度，正是寇爾在他眼中的模樣。

羅倫斯表示願意買下寇爾帶來的紙束時，寇爾因為擔心被殺價殺到最低，所以露出像是充滿怨恨的眼神瞪著他。

這樣的態度非但沒有任何幫助，甚至只會讓寇爾自身變得廉價、醜陋。到了現在，羅倫斯清楚知道自己在不久前，就是被像寇爾那樣的想法綁住了。

也難怪赫蘿會想捉弄人了。

羅倫斯在心中這麼嘀咕著，然後胡亂抓抓瀏海。

他不禁想自問：「我真的曾經是能夠獨當一面的商人嗎？」

在赫蘿眼中，羅倫斯肯定是個思想偏執的小毛頭。

這麼想著的羅倫斯不禁笑了出來。

那時候因為太希望有個伴，甚至認真想著馬兒會不會和自己說話，沒想到現在能夠與他人變得如此親密。原來與人變得親密，是這麼容易的事情啊。

就像赫蘿與拉古薩面帶苦笑看著愛逞強的寇爾一樣，過去羅倫斯曾遇見過的人們，或許也是面帶苦笑看著他吧。

即便如此——

「話雖這麼說，但還是不知道答案啊。」

羅倫斯自言自語說道，然後嘆了口氣。

拉古薩與寇爾離開赫蘿身邊，前去拿取招待的酒。

或許是曾經因為喝酒而有過什麼慘痛經驗，羅倫斯從遠方也能看出寇爾不願意喝酒的模樣，但是看起來很像會纏著人家喝酒的拉古薩就是不肯鬆開手臂。

羅倫斯也伸出手，從寇爾一路背來就一直擱著的行李中取出酒來。

小桶子裡裝了蒸餾過的葡萄酒。

羅倫斯因為考慮到在船上過夜就不能生火取暖，所以才會要赫蘿買酒精濃度較高的蒸餾酒，但赫蘿似乎是因為其他理由才買下蒸餾過的葡萄酒。

從赫蘿一臉開心地拍打羅倫斯的模樣看起來，應該是在想著什麼奇怪的事情吧。可是，她當時到底在想什麼啊？

謎題一個接著一個，越來越多。

羅倫斯不禁喪失自信地心想，自己的智商會不會比一般人還低。不過，如此沒出息的思緒瞬間就消失了。

因為羅倫斯聽見人們發出「哇啊！」的歡呼聲後，隨即看見夕陽西落的河畔上，出現了一團巨大的火球。

然而，這也是羅倫斯瞬間的錯覺。實際上，那是人們在收集而來的破布堆，以及敲壞桶子而得的木材堆成的木頭山點上了火，所以瞬間形成了巨大火球。

一定是有某人豪爽地倒了油在上頭吧。

一團像是骷髏頭似的黑煙裊裊升上天際，黃色火焰發出啪嚓啪嚓的燃燒聲。

冬季的旅途上只要有火，就算昨天還是敵人，此刻也不會分你我。

儘管沒有人帶頭乾杯，大夥兒還是一齊舉杯暢飲。

在那之後，熱鬧的晚會便開始了。

一直與赫蘿交談的女子似乎真的是個旅行藝人，包括那名女子的一行人一副彷彿在說「現在輪到我們表演」似的模樣跳出了人群。

他們隨著笛子及太鼓聲載歌載舞，跟在後頭表演的是一群活潑的人們。這些人技術高超，雖然跳著舞，卻不會讓杯子裡的酒灑落。

這些人跳的，不是以滑順舞步在地板上滑動的宮廷舞蹈，而是上上下下跳躍的劇烈舞蹈。

其他人則是看著跳舞的人一起歡笑、一起歌唱，或者是像拉古薩等人那樣與同伴較勁酒量。

羅倫斯四周沒有半個人陪伴。

他之所以收起就快浮現在臉上的苦笑，是因為察覺到火堆所形成的陰影處有所動靜。

只有一個人會願意來到如此沒出息的旅行商人身邊。

羅倫斯移動視線一看，看見了赫蘿。

「呼，許久不曾說這麼多話，喉嚨都快乾了吶。」

赫蘿像是在自言自語似的說道，然後從羅倫斯手中搶走酒樽喝了一口酒。

酒樽裡裝的不是啤酒，也不是酒精濃度較低的葡萄酒。

赫蘿閉上眼睛，緊閉雙唇。

然後，發出「哈」的一聲吐了口氣，當場坐了下來。

羅倫斯一邊心想「冷戰結束了嗎？」一邊在赫蘿身旁坐了下來。

「妳和那個女旅行藝人在聊什麼——」

羅倫斯之所以沒有把話說完，是因為他一開口，便看見赫蘿顯得刻意地別開了臉。

他不禁吃驚地發愣，但是並非因為赫蘿不肯跟他說話而感到吃驚。

而是因為赫蘿對他做出這樣的舉動，讓他覺得開心。

「嗚嗚，今晚真是冷吶。」

儘管對於羅倫斯的發言沒有給予任何回應，就連視線也不肯交會，赫蘿卻一邊這麼說，一邊像坐在馬車上一樣往羅倫斯身上靠。

他心想「真不知道赫蘿到底是不是愛逞強」，但後來發覺到愛逞強的其實是自己。

雖然不是很確定，但羅倫斯覺得只要他現在沒出息地道歉，赫蘿應該會原諒他。

「連這麼簡單的問題都不明白」應該已經不是讓赫蘿生氣的重點了。

如果現在道歉，反而能夠讓赫蘿有機會嘲笑羅倫斯。照理說，她應該會很樂意接受羅倫斯的道歉才是。

羅倫斯不禁有種想要坦白說出「我不明白」的衝動。

如果說了，赫蘿一定會保持倚在他身上的姿勢，一副嫌吵的模樣抬起頭吧。

然後，她會說出一大堆諷刺話語，痛罵羅倫斯一頓。

但是，她絕對不會站起身子，也不會有一絲想要挪開身子的意思。

並且還會擺出一副彷彿在說「靠得越近，越能夠清楚聽見自己在說什麼」的模樣。

羅倫斯不會懷疑自己的這一連串假設是在妄想。因為，如果他連這些假設都感到懷疑，就等於是在懷疑一路走來所經歷過的一切。

他像在自嘲似地露出淡淡的苦笑。

赫蘿帽子底下的耳朵動了一下，似乎是察覺到了羅倫斯在苦笑。她的尾巴像是準備嘲笑羅倫斯說出沒出息的話語似的，不停地甩動著。

為了回應赫蘿的這份期待，羅倫斯開口說：

「不愧是旅行藝人，舞跳得真好。」

「什！」

「嗯？」

赫蘿像是被人踩了尾巴似的縮起身子，不知出聲說了什麼。

即使羅倫斯反問她，當然也不可能得到回應。

赫蘿最討厭遇到出乎其預料、出其不意的事情了。

羅倫斯清楚知道她生氣地甩動著尾巴，發出「啪唰啪唰」的聲響。

他知道赫蘿在生氣，但也知道她其實樂在其中。

「咱可能感冒了，鼻子癢癢的。」

赫蘿的聲音顯得有些顫抖，不知道是因為被羅倫斯擺了一道而感到懊惱，還是因為強忍著笑意呢？

她像是要吞下這些情緒似的喝了口酒，跟著打了一個嗝。

沉默降臨兩人之間。因為兩人都在摸索、在猜測著彼此會怎麼走下一步棋。

每眨一次眼，夕陽便沉入地平線另一端一些；每呼吸一次，天空就會多點亮一顆星斗。人們在河畔上熊熊燃燒的火堆四周聚集，不分商人還是船夫，人人都拚了命，想讓這場被阻斷去路的惡運化為美好的相遇。

人生短短幾個秋，一日也不能虛度。

在這裡有人吹奏笛子，有人敲打太鼓，還有把沉船的慘痛遭遇當成笑話吟唱的吟遊詩人。有人手拿好幾條長帶子，跳著像是會迷惑人的舞蹈；也有人手拿酒杯，表演著只會讓人覺得腳步在晃蕩的醜陋舞姿。

羅倫斯拚命地思考著赫蘿肚子裡藏著什麼詭計時，忽然覺得自己知道了赫蘿的小小肚子裡塞了什麼。

黃湯下肚後會變得開朗的赫蘿，面對眼前的熱鬧氣氛，怎可能耐得住性子乖乖坐著呢？現在根本不是與沒出息的愚蠢商人互相猜疑的時候。

赫蘿像是在察顏觀色似的仰望羅倫斯。

既然已經宣言不跟羅倫斯說話，就應該堅持到底。可是，就這樣離開，又好像過意不去。

這大概就是赫蘿此刻的心情寫照吧。

羅倫斯學赫蘿一樣不理睬她的目光，取而代之地從她手中沒收酒樽說：

「只要有烈酒可以喝，就暫時不會怕冷吧。」

或許是聽到羅倫斯的話語後，覺得愛逞強的兩人好笑吧。赫蘿忽然緩和了表情，輕輕摸了一下羅倫斯的手，然後站起身子。

看著應該是打算去跳舞的赫蘿，羅倫斯不禁有些擔心會不會因為她的衣角掀開，而不小心露出耳朵或尾巴。

赫蘿的雙眸閃閃發光。

在雷諾斯閱讀的書本裡描述到的祭典上，赫蘿一定也露出了同樣的眼神吧。

而且，從赫蘿如此開心的模樣看來，會因為不小心露出尾巴而換來麥束尾巴的別名，也是很合理的事情。

說不定赫蘿還曾經一時興起，變身成狼形狂歡一場呢。

在這裡赫蘿應該不至於也想這麼做吧。不過，從她仔細檢查著長袍及腰帶的舉動看來，想必是打算瘋狂跳上一場吧。

然而，看見赫蘿如此開心地做著準備，羅倫斯忽然開口說：

「如果妳能夠變回狼的模樣，把沉入河底的船拉起來就好——」

羅倫斯話說到一半停了下來，但是他並非因為看見赫蘿原本一臉開心的表情忽然化為面無表情地看著他，也不是因為想起赫蘿不肯跟他說話。

讓赫蘿變回狼模樣拉起船隻，這句話當然不可能實現。但是當作玩笑話來說，還算在可允許的範圍內。

所以，羅倫斯也不是因為覺得尷尬。

他不是因為覺得尷尬，而是因為無法想像赫蘿會為了某人變身成狼。

如果要問羅倫斯為何無法想像，他能夠立刻說出答案來。

而這個答案會像撞球一樣，撞出另一個結論。

原本面無表情地俯瞰著羅倫斯的赫蘿臉上，逐漸化為顯得疲憊的笑容。反觀羅倫斯則是切身感受到自己的表情逐漸變得苦澀，現在他終於明白赫蘿那時為何會生氣了。

「真是的……」

赫蘿一副難以置信的模樣笑著說道，跟著東張西望了四周一遍後，忽然屈膝蹲下。

以手臂繞過羅倫斯的後頸，讓輕盈的身軀坐在他身上。

雖然這是會讓男人竊喜的姿勢，但赫蘿會做出這樣的舉動，就表示她是真的生氣得不想理睬羅倫斯。

「豬如果被奉承，連樹都爬得上去，但如果奉承雄性，只會被爬到頭頂上。咱以前不是這麼說過了嗎？」

雖然赫蘿讓臉頰貼著羅倫斯的臉頰，在他耳邊輕聲說道，但羅倫斯清楚感覺得到赫蘿正瞇起一半的眼睛瞪著他。

還有，赫蘿之所以東張西望地環視四周，絕不是因為擔心被他人看見——或許正好相反。

在視線前方，羅倫斯看見被拉古薩用手摀住眼睛的寇爾拚命地掙扎，拉古薩則是開懷大笑。

拉古薩那不懷好意的笑容當然是在說：「這下子和同行們喝酒時，就有話題可以助興了。」

與其說對這狀況感到難為情，羅倫斯純粹是覺得沒面子。

「如果立場互換，汝絕對也會生氣。不是嗎？」

聽到赫蘿含恨的語氣，一種會被赫蘿出其不意咬斷耳朵的恐懼感在羅倫斯心中油然而生。

然而，這還不是真正的恐懼。

因為赫蘿不會立刻咬死獵物，她喜歡慢慢折磨一番後，再殺死獵物。

「哼。」

赫蘿鬆開手臂、挺起身子後，一邊俯瞰著羅倫斯，一邊露出尖牙說：

「就看汝怎麼展現最大的誠意唄。」

然後，赫蘿用手指按住羅倫斯的鼻尖。這下子他連反抗都不能了。

赫蘿露出心滿意足的笑容站起身子後，如一陣風似的轉過身子離去。

留下的只有她的體溫，以及淡淡的香甜氣味。

羅倫斯已經忘了赫蘿的笑臉。

因為對於掌控荷包的羅倫斯來說，那種笑容真的非常非常的可怕。

「還誠意咧。」

羅倫斯嘀咕著，喝了一口酒。

他回想起提議要赫蘿一起思考銅幣謎題的時候。

赫蘿的腦筋轉得快，時而貶損、嘲笑羅倫斯，時而又極其巧妙地讓羅倫斯發笑，而她那只能用不可思議來形容的機靈反應，也救了羅倫斯好幾次。

所以，羅倫斯一直以為她喜歡動腦筋思考。

然而，事實並不然。

拉古薩說過，河水當然會流動，但是河水為何會流動呢？

這句當初只覺得簡直就像謎語的話語，到了現在，羅倫斯總算明白有著什麼樣的意思。

船夫們是賴著河川在做生意，而河水從不會停止流動。即便如此，船夫們也不會認為河水流動是理所當然的事情。因此他們總是抱著感謝河川之心，為河川精靈賜與的慈悲之深感激涕零。

每次羅倫斯會惹赫蘿生氣，大多是因為他不信任赫蘿。然而，當信任變得理所當然時，就會疏漏掉重要的事情。

因為情人總是很勤奮地寫信給自己，就以為情人喜歡寫信，而要情人幫忙寫信給某人，對方一定會勃然大怒吧。

也就是說，赫蘿想強調的是，她願意為羅倫斯動腦筋提供智慧，並不代表她喜歡動腦筋。

只要思考一下，就能夠明白這道理。

雖然羅倫斯相當懷疑赫蘿是否真的只願意為了他動腦筋，但至少知道因為他沒有這麼認為，所以才會惹得赫蘿生氣。

羅倫斯當場倒臥在地。

自己老是在向赫蘿學習。

正因為如此，才覺得赫蘿的笑容很可怕。

「能夠配得上她這份心的誠意……」

羅倫斯緩緩坐起身子，喝了口酒。

「我怎麼可能有啊。」

羅倫斯吐出充滿酒臭味的嘆息，看向在火堆旁跳舞的赫蘿。

開朗地揮舞著手臂的赫蘿似乎瞥了這裡一眼。

想到不知道會被赫蘿敲什麼竹槓，羅倫斯就覺得可怕。

赫蘿與方才在河畔長談的女舞者手拉著手，用著像是已經練習許久的熟練舞步展露舞姿。兩名美女的優美舞姿，贏得了眾人的讚賞掌聲及口哨聲。

或許是輸給了兩名美女的氣勢，破布以及木頭堆高而成的高塔垮了下來，灰燼隨之揚起，就彷彿魔神嘆了口氣似的。

儘管赫蘿露出彷彿發著高燒似的認真表情，臉上卻掛著淡淡笑容，使得她的舞姿散發出一種陰氣逼人的氣氛。或許是因為她的模樣太具魅力，才會給人這種感覺，但那模樣看起來，又像是想要忘卻什麼煩惱似的。

自古以來，人們舉辦祭典或跳舞，是為了讓一年畫下句點，或者平息神明或精靈的憤怒。羅倫斯猜測著是不是因為自己心中有這般認知，所以才會覺得赫蘿的模樣像是想要忘卻什麼煩惱似的。他把酒樽湊近嘴邊打算再喝口酒時，忽然停下了動作。

方才，羅倫斯才察覺到赫蘿所做的事情大多是為了他而做。

除了一起思考謎題或是思考如何度過難關之外，倘若赫蘿也願意為羅倫斯做其他事情，這代表著……？

「怎麼可能。」

看著赫蘿一副不能再開朗、彷彿什麼事情都不願意去想的模樣跳著舞，羅倫斯不禁覺得赫蘿一下子變得嬌小許多。

倘若他的猜想與事實一致，那麼赫蘿真是太蠢了。

如果說羅倫斯因為反應太慢而追不上赫蘿，那麼赫蘿等於是自顧自地跑在前頭，並逕自做起一大堆多餘的設想。

羅倫斯喝了口酒，烈酒的熱度灼燒著喉嚨。

他站起了身子，但不是為了加入跳舞。

如果以愛逞強的說法來說，羅倫斯是為了幫赫蘿收集情報。

在拉古薩等人圍成的小圓圈裡，寇爾早已四腳朝天醉倒在地。

羅倫斯一邊走近他們，一邊將手輕輕舉高，拉古薩也舉高酒杯回應了他。

他想證明一件事。

想證明赫蘿真是個笨蛋。

「啊哈哈哈，樂耶夫的深山～？」

「喔～那裡是個好地方呢。每年都會產出品質優良的木材～說到從這條河川南下的木材啊，會被做成圓桌……嗝……然後送到遙遠南方國家的王宮裡呢。了不起吧？年輕旅行商人～」

說著，一名船夫拿起皮袋，準備把裡面的酒豪邁地倒入羅倫斯手上的酒樽。

羅倫斯手上拿的是酒樽，而非大木桶，就算船夫想倒酒，也倒不進去。不過，不管是拿著皮袋的船夫，還是拿著酒樽的羅倫斯，兩人的手都已經拿不穩東西了。

根本倒不進酒樽裡的酒如瀑布般垂落地面，但沒有人在意。

羅倫斯自己也醉得不會去在意這些事情。

「那這樣……拜託你在木材上頭這樣寫好不好？就寫『關稅太貴了』。」

「喔～～我懂、我懂你的心情！」

羅倫斯拉高嗓子說完話後，舉高酒樽打算喝酒，結果船夫毫不在意地拍打他的背部，害得他嘴巴裡的酒全灑落在地。

模糊意識之中，羅倫斯帶著一半自嘲、一半自豪的心情想著「就算赫蘿也不曾醉得這麼離譜吧」。

「那，樂耶夫怎樣呢？」

「樂耶夫？那裡每年都會產出品質優良的木材……」

正要重說一遍的船夫就這麼不支倒地了。

「真沒用。」

其他船夫不但不關心不支倒地的船夫，反而一副難以置信的模樣這麼說。

羅倫斯不懷好意地笑笑，然後環視一遍四周的船夫們，開口說：

「現在你願意告訴我了吧？」

「啊哈哈哈。既然答應你了，總不能食言嘛，這筆帳我會記在索那頭上的。」

喝了酒就愛發笑的船夫一邊笑著說道，一邊輕輕頂了頂倒地船夫的頭。

名為索那的船夫早已不醒人事。

「真是的，沒想到和那麼漂亮的姑娘黏在一起的小子，酒量會這麼好。」

「就是說啊。不過，答應人家的事……就一定要遵守。」

「嗯，沒搓、沒搓……」

「那麼，你想問的是樂耶夫啊？」

最後這麼說的是拉古薩，他的酒量似乎相當好，臉色幾乎沒有改變。

其他船夫都已經喝得跟羅倫斯差不多醉，變得口齒不清了。

羅倫斯也已經沒有信心，自己還能夠保持清醒多久。

「是的……或者是一個叫做約伊茲的地方也可以……」

「約伊茲？我沒聽說過耶。不過，如果是要到樂耶夫，那就沒必要特地問人了吧。只要順著這條河往上走，就會遇到同樣名字的樂耶夫河，再順著樂耶夫河走就找得到了。」

羅倫斯暗自說了句：「這麼簡單的事情我也知道。」但是，當他自問到底想問什麼時，卻又想不出來。

真的喝醉了。

基本上，樂耶夫只是為了切入主題的開頭話題而已啊。

「有沒有什麼更好玩的話題……」

「好玩的話題啊？」

拉古薩摸著下巴讓鬍子唰唰作響，然後把視線移向其他船夫，但其他船夫似乎都不敵酒精作用，打起了盹。

「啊，對了。」

拉古薩把弄著鬍鬚說道，跟著粗魯地搖晃正在打盹的船夫肩膀說：

「喂，起來！索那，你好像說過最近接了個奇怪的工作吧？」

「嗯……嗚……裝不下了啦……」

「混蛋！喂！你在樂耶夫上游的雷斯可接了工作吧？」

雖然名為索那的船夫方才是刻意與羅倫斯較勁酒量，但聽說他最近被老婆抓到外遇，結果挨了老婆一頓痛打，所以是在藉酒出氣。

羅倫斯不禁有些擔心，自己若是被赫蘿以外的女孩牽著鼻子走，不知會有什麼下場。

「雷斯可？喔……那裡是個好城鎮。在那裡的山上，銅礦就像泉水一樣……不斷地冒出來。而且啊，那裡的酒世界第一好喝。重點是呢……那裡啊……有一大堆機器能夠把味道很淡的酒變成擁有火熱靈魂的烈酒。啊～紅銅色的美麗新娘啊，願水火祝福妳那光滑的肌膚吧！」

名為索那的船夫閉著眼睛喊道，看不出他是睡著了，還是醒著。後來，他就這麼無力地倒下，動也不動了。

雖然拉古薩繼續粗魯地搖晃索那的肩膀，但索那就像被沖上海灘的水母一樣癱軟在地。

「真是沒用的傢伙。」

「紅銅色的新娘是指……蒸餾機嗎？」

「嗯？喔，對啊、對啊。不愧是商人，知道很多事情嘛。我有時候也會載到蒸餾機，你喝的那種酒，說不定就是用雷斯可生產的蒸餾機製造出來的酒呢。」

由好幾片彎曲成美麗曲線的薄銅片組合而成、宛如藝術品的蒸餾機散發出紅色光芒，確實擁有不可思議的魅力。讓薄銅片變得彎曲本來就是意識到女性曲線的工法，所以蒸餾機會讓人覺得有魅力，似乎也理所當然。

「嗯……沒輒了。不等到明天早上，這傢伙不會醒來的。」

「奇怪的……交、交易啊。」

羅倫斯已經快要抵擋不住酒精的作用，連話都快說不清楚了。

他突然想到不知赫蘿有沒有喝醉，於是移動視線尋找著赫蘿。在搖來晃去的視野前方，看見了讓人醉意都快散去的慘狀。

「沒錯，奇怪的交易……喔？哈哈哈！我一直覺得她像動作敏捷的貓，沒想到戴起來會這麼合適。」

拉古薩大笑說道，在他的視線前方，赫蘿一邊接受大家的喝采，一邊跳著舞。

赫蘿早已脫去長袍那種礙手礙腳的衣服，搖晃著從腰部垂下的尾巴，與女舞者心手相連合一，不停地繞著圓圈跳舞。

赫蘿頭上戴著的，是看似鼬鼠之類的小動物皮革攤開來的皮草。乍看之下，要說赫蘿那耳朵和尾巴都是裝飾品，似乎也挺像的。

雖然羅倫斯注視著赫蘿的瘋狂舉動，驚訝地連聲音都發不出來，但四周似乎沒有半個人特別在意赫蘿的模樣。

仔細一看，與赫蘿一起跳著舞的女舞者，也在腰上纏著看似狐狸的皮草作為臨時裝上的尾巴，頭上則綁了松鼠皮草。

對於赫蘿的膽量，羅倫斯只能用「佩服」兩字來形容，不過赫蘿也有可能是因為喝醉，所以變得遲鈍了些，沒辦法準確掌握周圍的狀況。

儘管憂心地想著「要是穿幫了，不知道赫蘿有什麼打算」，但羅倫斯還是不得不承認，跳著舞的赫蘿似乎真的很開心。

而且，她的一頭長髮及蓬鬆尾巴隨著舞姿搖曳的模樣，就像某種不可思議的魔法似的，讓羅倫斯看了心頭一陣搔癢。

「啊，對了，剛剛說的交易呢——」

拉古薩的話語，讓羅倫斯猛然從美妙的夢中醒來。

在雷諾斯時，赫蘿曾問過羅倫斯生意與她哪一方重要。不知不覺中，這個問題已經不再那麼難以回答了。

不，一定是喝醉了才會這麼想；對於忍不住在心中這麼嘀咕的自己，羅倫斯也搞不懂自己為何要這麼找藉口。

羅倫斯一邊暗自說：「不管了。」一邊輕輕頂了一下意識變得朦朧的頭，振作起來專心聆聽拉古薩說話。

「就是幫同一家商行送了好幾次的匯票。我會對你的話題感興趣，就是因為這傢伙……索那他害怕自己是不是在不知情之下，參與了什麼非法交易。還有啊，那家商行就是成為話題的銅幣的進口對象，所以我也變得有些擔心了起來。」

因為涉及銅幣進出口的多接近權力地區，所以不會有太多這樣的存在。

這些地區想必是因為擁有銅礦山，所以才得以繁榮起來。但一個盛衰全仰賴於礦山的城鎮，必須靠著權力者與商人合作，才能夠讓一切順利運行。

拉古薩之所以會壓低聲量說話，是因為對於委託工作給他的商行來說，這想必是個不怎麼好的話題。

現在羅倫斯總算完全明白，拉古薩會對他的話題感到興趣的原因了。

生活至今，拉古薩應該看過很多地方變得腐敗吧。

所以，儘管視野模糊、口齒也不清，這個話題卻讓羅倫斯的腦海深處逐漸清醒。

「那交易就跟……肉店幫忙送信的意思一樣吧？」

因為肉店每天必須前往鄰近地區的農村採買豬和羊，所以人們時而會委託他順便送送信。船夫經常上上下下羅姆河。

所以，就算有人委託船夫送匯票，也不足為奇。

「可是啊，聽說索那每次把在雷斯可收到的匯票送到凱爾貝的珍商行時，珍商行會同時把匯票的拒絕證書交給他。」

「拒絕證書？」

這下子羅倫斯完全清醒了。

不運送裝了貨幣、叮鈴噹啷響的錢袋，改以運送一張寫有「請把多少金額支付給某地某人」的文件。這種文件及制度就稱為匯票，而發行拒絕證書就表示不願意把匯票換成現金。

不過，儘管每次都會遭到拒絕，卻還是不斷地送匯票的行為確實讓人覺得不解。

「很奇怪吧？明明知道對方一定會拒絕收下，卻還一直送匯票。這其中肯定有什麼企圖。」

「……或許有什麼特殊理由……」

「理由？」

「是的……發行匯票的主、主要目的就是為了移動金錢，而金錢這東西的價值隨時都在變。所以如果送出匯票時的金錢價值，和收到匯票時的價值不同……就有可能發生不願意付款的情形……」

拉古薩露出認真的眼神。

只要有足夠的資金，旅行商人能夠前往任何地方隨意採買商品，然後再前往想去的地方販賣商品。從這樣的觀點來看，旅行商人稱得上是一種自由人。

相對地，拉古薩等船夫只能固定在河川上運送貨物來討生活。

萬一惹惱了貨主，就算河水量再多，也接不到工作。

所以，他們的立場相當薄弱。

正因為立場薄弱，所以才容易被抓住弱點、在不知情之下被迫做了不良勾當，最後還被丟進河底。

利用船隻做生意看起來確實很輕鬆的樣子。

不過，卻少了馬車能東奔西走的自由。

「所以，應該沒什麼好特別擔心的……」

羅倫斯不自覺地晃了一下頭，然後打了一個大哈欠。

拉古薩原本露出懷疑的眼神看著羅倫斯，但隨即用力嘆了口氣說：

「嗯，世上似乎充滿了複雜事。」

「雖然我們會說無知是種罪惡……但也不可能知道一切吧。」

羅倫斯承受不住兩眼瞼的沉重，視野漸漸變得狹窄。

在視野裡，羅倫斯只看得見拉古薩盤坐的雙腿，他暗自嘀咕說：「看來快撐不住了啊。」

「的確。哈哈，雖然我曾經苦笑看著這傢伙的笨拙模樣，但現在想想，怎麼覺得自己好像也沒好到哪裡去。不過，這傢伙和我們不一樣，雖然他被那種差勁紙堆給騙了，但等他走到一定的地步後，會變得比我們更有智慧吧？」

拉古薩一邊說道，一邊粗魯地摸著醉倒在地的寇爾的頭。

他眼裡流露出真的覺得很可惜的情感，一副很想乾脆以寇爾付不出乘船費為由，留他在船上的模樣。

「是……教會法學對吧？」

「咦？是的……聽說是這樣。」

「怎麼會想學那麼複雜的東西啊。他如果來當我徒弟，不用學那些東西，我也可以好好提供三餐……不，兩餐給他吃。」

聽到拉古薩如此坦率的話語，羅倫斯不禁笑了出來。

就算是勞力工作，也必須等到能夠獨當一面時，才能夠一天吃三餐。

「他好像有自己的人生目標。」

聽到羅倫斯這麼說，拉古薩露出銳利眼神看向羅倫斯。

「你在走來的路上偷偷勸過他當你徒弟，對吧？」

拉古薩一副就快認真發起脾氣來的表情問道，由此可見他有多麼欣賞寇爾。

以拉古薩的年紀來說，差不多是到了可以收徒弟，讓徒弟繼承船隻的年紀。要是羅倫斯的年紀再長一些，或許他會寧願採取卑鄙手段，也要讓寇爾留在身邊。

「我沒有偷偷勸過他，不過，我倒是確認了他的意志很堅定。」

「唔。」

拉古薩把雙手交叉在胸前，用鼻子呼氣沉吟。

「我們能做的……頂……頂多是先賣點小人情給他而已吧。」

聽到羅倫斯夾雜著打嗝聲說道。原本一副無法完全死心模樣的船夫，以像個船夫的作風豪邁地笑著說：

「哈哈哈，說的沒錯，我要賣什麼人情好呢？如果這傢伙幫我解開銅幣謎題，那就送些答謝金給他吧。」

「他本人好像也是這麼打算喔。」

「如何？你要不要給這傢伙一些線索？」

看見拉古薩探出身子，一副像是提出什麼秘密交易似的模樣說道，羅倫斯也只能聳聳肩回應他說：

「很遺憾的，如果有這個可能……我也能夠賣人情給他，有個皆大歡喜的結果……可惜……」

羅倫斯自身也受著想把寇爾留在身邊的誘惑。

不過，與寇爾一起在河畔走著時，羅倫斯確實是認真這麼想過，只是現在誘惑已不再那麼強烈了。

羅倫斯現在收徒弟還太早，而現在也不是應該收徒弟的時機。

所以，就算有人為自己做好了一切準備，羅倫斯也不可能隨隨便便就收徒弟。

他獨自露出了苦笑。

「說的也是。三箱銅幣的差距不算少，運送這麼重的東西只能靠水路。只要經過水路，消息就一定會傳到我耳中。還是說，根本是文件上的內容寫錯了？」

拉古薩的語調也變得越來越詭異了。

或許，酒精總算也在他那龐大的身軀開始發揮作用了。

「或許有這個可能性。我曾聽說因為寫錯了一個字……結果錯把鰻魚當成金幣，造成了一場不小的騷動。」

「嗯。或許差不多是這麼回事吧……啊，對了，說到這個。另外還有一個有趣的話題，聽說找了好幾年呢。」

「咦？」

幾乎已經到了極限的羅倫斯，感覺得到自己的意識和身體分成了兩個部分。

他覺得自己確實看向了拉古薩，只是眼前一片漆黑。

還聽著像是從遠方傳來的話語。

樂耶夫、上游、雷斯可……

然後，好像聽見了「地獄看門狗的骨頭」。

怎麼可能啊。

羅倫斯在夢中思索著自己好像有過這樣的感想。

又不是在聽什麼神話故事。

不過，身邊好像發生過類似神話故事的事情……羅倫斯想到這裡，意識慢慢地被睡魔吸去，

掉進了黑不見底的漩渦之中。

第五幕

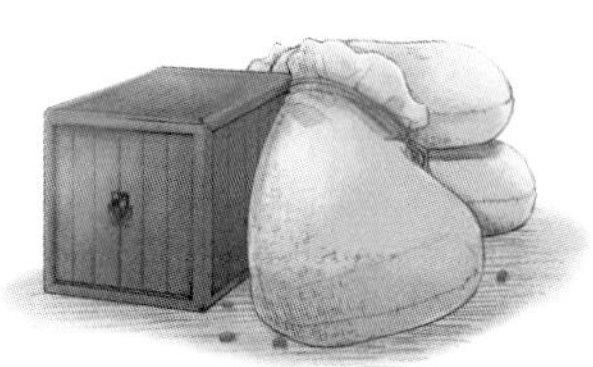

一股夾雜著焦味的香甜氣味撲鼻而來。

有人把蜂蜜麵包烤焦了嗎？

如果是，那家麵包店肯定會讓人笑掉大牙。

等一下，這好像不是烤焦的味道。

這是會讓人聯想到火的味道。

是動物的味道。

「……嗯。」

羅倫斯醒來後，最先映入眼簾的是滿天的星空。

近乎滿月的美麗明月高掛星空，彷彿靜靜躺在水底似的。

似乎有人親切地幫羅倫斯蓋上了棉被，讓他免於冷得打寒顫，只是不知怎地，覺得身體特別沉重。

羅倫斯一邊心想「可能是喝酒喝到不醒人事的關係吧」，並一邊挺起身子後，才察覺到了一件事。

他稍微抬高頭，掀開了棉被。

被窩裡，臉頰上沾著煤炭的赫蘿睡得又香又甜。

「原來是這個味道啊……」

赫蘿昨晚肯定玩得很瘋狂吧。

她美麗的瀏海有些燒焦的痕跡，所以每當她有規律地發出呼吸聲時，焦味就會隨之飄進羅倫斯的鼻子。時而夾雜著焦味，飄來赫蘿身上的香甜氣息以及尾巴的味道，原來羅倫斯在夢中聞到的就是這個味道。

而且，沉睡中的赫蘿沒有穿著長袍，也沒有遮住耳朵。

鼴鼠皮草就掉落在赫蘿身旁，看得出來她試圖想遮住耳朵過。

沒看見教會信徒們手持長槍包圍兩人，所以應該沒被發現吧；這麼想著的羅倫斯不禁放鬆頸部的力氣，嘆了口氣。

然後，他隔著一層棉被，把手放在赫蘿的頭上。

赫蘿抽動了一下耳朵，跟著止住呼吸。

接著像是要打噴嚏似的抖了一下，並縮起身子。

她慢吞吞地移動手腳，再移動頭部，最後用下巴頂著羅倫斯的胸膛抬起了頭。

從被窩裡投來的視線，似乎仍在半夢半醒之間似的，有些迷茫。

「很重耶。」

聽到羅倫斯說道，赫蘿再次趴下頭，身子不停微微顫動。她應該是打了一個大哈欠吧。赫蘿應該已經醒了，因為她的指甲正刻意抵著羅倫斯的胸膛。

隔了一會兒後，赫蘿一抬起頭便說了句：「怎麼著？」

「很重。」

「咱很輕，是有其他什麼東西很重唄。」

「妳的心意很重……妳不會是要我這麼回答吧？」

「怎麼說得像是咱逼汝似的吶。」

赫蘿用喉嚨發出咯咯笑聲，然後用臉頰貼著羅倫斯的胸膛。

「真是的……那，沒被人發現吧？」

「汝是說，有沒有被人發現咱與誰共度春宵嗎？」

羅倫斯只在心中嘀咕說：「拜託妳說共享棉被好不好。」

「哎，應該沒被人發現唄，昨晚大家都玩得那麼瘋狂。呵，要是汝也來加入咱們就好了。」

「……我用想像的就知道妳們有多瘋狂……我才不想被當成乳豬烤呢。」

羅倫斯用手指揪著赫蘿的瀏海說道，赫蘿一副覺得癢的模樣閉上眼睛。

看來可能要剪掉一些瀏海了。羅倫斯這麼想著，正打算告誡赫蘿玩得太過火時，赫蘿搶先一步說：

「咱從那些旅行女孩們口中聽了很多北方的話題，她們似乎剛結束在紐希拉的工作來到這裡。從女孩們的描述聽來，紐希拉跟以往幾乎沒什麼不同。」

赫蘿睜開眼睛，注視眼前的羅倫斯手指。然後像隻愛撒嬌的貓咪般，磨蹭著羅倫斯的胸膛。

不過，赫蘿會這麼做，應該是為了掩飾就快浮現在臉上的表情吧。羅倫斯明白，強忍著內心思緒的赫蘿，其實現在就想好好大叫一番。

「真是愛逞強。」

聽到羅倫斯說道，赫蘿蜷縮起身子。

那模樣簡直就像個愛逞強的小孩。

「反正，慢慢再做決定就好了，因為我們正在追蹤伊弗啊。」

赫蘿那對順風耳正貼在羅倫斯的胸膛上，所以肯定聽見了羅倫斯在心底偷笑的聲音吧。

赫蘿像在抗議似的，用指甲抵著羅倫斯的胸膛，然後用鼻子發出「哼」的一聲。

「拜託，妳可不可以挪開身子一下啊？我口渴的很。」

喝了那麼多酒，也難怪羅倫斯會覺得口渴了。

而且，他也想確認一下現在的時刻是大半夜，還是天就快亮了。

有好一會兒時間，赫蘿惡作劇地動也不動，但不久後，總算緩緩坐起身子。

然後，她騎在羅倫斯身上，以像是準備長嚎似的姿勢，對著月亮打了一個大哈欠。

那模樣十分妖豔，卻又顯得神聖不可觸犯，如此不可思議的景象讓羅倫斯不禁看得入神。

對著月亮盡情露出尖牙好一會兒後，赫蘿像在咀嚼什麼似的閉上嘴巴，沒理會滲出眼角的淚水，露出淡淡笑容，俯瞰羅倫斯說：

「果然還是咱在上面感覺比較對吶。」

「誰叫我這樣子就是所謂的被踩在腳下啊。」

月光籠罩下，赫蘿的狼耳朵邊緣泛起了銀光。

狼耳朵每甩動一次，就彷彿會有月光銀粉灑落似的。

「咱也想喝水……嗯？咱的長袍放哪兒去了？」

赫蘿四處張望著說道，那口吻不像在開玩笑。

羅倫斯壞心眼地吞下「不知道是什麼東西綁在妳腰上喔」這句話，悠哉地仰望起天空。

現在應該是快要凌晨三、四點吧。若是在修道院，就是修道士差不多該起床，準備為一天的開始而祈禱的時刻。

即便時間尚早，卻不是所有人都陷入夢鄉之中。不同於地上四處可見、把身子縮成像是一坨牛糞般在睡覺的人們，有幾名男子圍著火堆而坐。

「埃亞力。」

然後，其中一名男子在發現赫蘿後，舉高右手這麼說。

赫蘿一副難為情的模樣笑著揮手回應男子。

「什麼啊？」

「那是古老的招呼語。聽說在樂耶夫的遼闊山上，人們還會這麼打招呼。」

赫蘿這麼說明。

一直以來，都是由羅倫斯來告訴赫蘿世上事物如何運作、以及世間習俗為何，所以聽到赫蘿的說明後，羅倫斯深刻感受到兩人已經來到了北方之地。

說起來，這一帶已經算是她的地盤。

羅倫斯想起在麥田旁邊時，赫蘿注視著北方的側臉。那是沉浸在無法返回的過去記憶之中的模樣。

他不禁想對赫蘿說：

妳不想去凱爾貝了吧——

不過，羅倫斯知道如果這麼說了，赫蘿肯定會生氣。

因為那是赫蘿不願意聽羅倫斯說出口的話語。

「喲？小毛頭醒著吶。」

赫蘿的話語打斷了羅倫斯如此壞心眼的思緒。

雖然每個人看似各自隨性挑選了場地橫躺著，但大家似乎還是聚集在一個區域內。在這個區域的角落，有個嬌小身影不知忙著什麼。

在羅倫斯依然帶著幾分醉意的眼中，那嬌小身影看起來就像赫蘿。

也就是說，那是寇爾的身影。

「他在做什麼啊？」

「嗯……好像在寫字吶。」

朦朧月光下，憑羅倫斯的眼力儘管看得見身影輪廓，卻無法連寇爾手邊的動作都看得清楚。

不過，他看得出來寇爾拿著樹枝之類的長棍，對著地面使來畫去。

說不定寇爾是因為太無聊，所以在用功吧。

「不管他了，先喝點水……喉嚨都快燒起來了。」

「嗯。」

羅倫斯拿著不知赫蘿向誰要來的皮袋站在河畔上，解開袋口的繩子。

皮袋裡的水當然早被喝光，只是袋口四周被咬得破破爛爛的，到處都是齒痕。

羅倫斯的目光移向赫蘿，但赫蘿躲開了視線。羅倫斯不禁心想，赫蘿說不定有咬東西的習慣，只是沒在他面前表現出來而已。

或許赫蘿是在意自己會有動物般的舉動吧。

不，赫蘿擔心的，應該純粹是覺得這種小孩子才會有的習慣，會有損賢狼的名譽吧。

羅倫斯露出在朦朧月光下不會被發現的淡淡笑容，然後用皮袋取了河水。冬夜裡的河水冰冷得就像剛溶化的冰塊。

「嗚……」

羅倫斯忍著痛含了一口河水。

說到酒醒後的一杯水，就算再昂貴，羅倫斯也願意掏錢購買。

「還不快給咱。」

赫蘿說著，從羅倫斯手中搶走皮袋仰頭一飲，隨即像是受到上天懲罰似的被水嗆著了。

「那，妳有聽到什麼有趣的話題嗎？」

看見赫蘿咳個不停，羅倫斯伸手輕撫她的背部，結果發現赫蘿全身只有肩膀誇張地在晃動。

儘管羅倫斯心裡想著「要人家安撫就明說嘛」，卻根本不敢說出口，當然也就沒有戳破赫蘿假裝被水嗆到的謊言。

「咳咳……呼……有趣的話題？」

「妳不是聽到了紐希拉的話題？」

「嗯。雖然沒有人知道約伊茲，但是有幾個人聽過獵月熊。」

就連羅倫斯都聽說過獵月熊了，住在這附近的人們沒道理不曾聽說。

獵月熊是流傳了好幾百年，甚至可能有千年之久的傳說中熊怪。

羅倫斯猶豫了一會兒後，決定說出心裡的想法。

同時也決定萬一惹得赫蘿生氣，就拿喝醉當藉口。

「妳是不是有點忌妒？」

就傳說的知名度來說，赫蘿根本無法與獵月熊相提並論。

當然了，在帕斯羅村，就連小孩子都認得赫蘿的名字。但是，提到獵月熊的知名度，那可就相差十萬八千里了。

身為與獵月熊活過相同時代的存在，赫蘿不會有想與其較勁的心態嗎？

不，以赫蘿般練達的人來說，她的心態或許早超越了這種無聊小事的境界。就在羅倫斯這麼想著時，赫蘿給了答案：

「汝以為咱是什麼人吶？」

右手拿著皮袋、左手叉腰的赫蘿高高挺起胸膛。

她可是賢狼赫蘿啊。

羅倫斯一邊暗暗自嘲自己真是問了個蠢問題，一邊準備回答「說的也是」時，像是要阻止他這麼說似的，赫蘿搶先一步開了口：

「咱屬於大器晚成型的人，接下來才準備大展身手吶。」

然後，赫蘿露出尖牙笑笑。都走過好幾百年歲月了，還好意思堅持這麼說，羅倫斯不禁佩服起赫蘿的臉皮之厚。

不管是不是賢狼，赫蘿永遠都是赫蘿。

「雖然咱也受不了有事沒事的就受人崇拜，但是吶，記載有關咱傳說的書本變得越厚，咱當然還是會很開心。」

「哈哈。那這樣，要不要我來幫妳寫？」

商人執筆寫書的例子其實還不少。

羅倫斯未曾正式學過文法或文章修飾法，所以當然寫不出意境華美的文章。但他心想，臨死前身邊如果還有一筆財產，或許可以請專家來執筆。

「嗯。可是，這麼一來，汝一定會把汝與咱一同旅行的經過分成很多故事來寫唄？」

「那當然會吧。」

「這麼一來，汝不會感到困擾嗎？」

「為什麼？」

聽到羅倫斯問道，赫蘿清了一下喉嚨說：

「因為到時候與其說像是在寫故事，一定更像在寫糗事唄。」

「……妳是不是覺得自己這句話說得漂亮？」

赫蘿用鼻子發出「哼哼」兩聲說：

「哎，扯謊對汝來說就像家常便飯一樣，到時候汝一定會加上一堆有的沒的事情來美化故事唄。真是的，汝到底打算寫成什麼樣的書吶？」

赫蘿抬起頭看向羅倫斯。

不過，她讓人一眼就能看出她像是強忍著笑意似的，又再玩起了愚蠢的互動遊戲。

羅倫斯好歹也是個商人。

懂得察言觀色的他順著赫蘿的意說：

「妳是想說我打算把書寫成跟我的臉皮一樣厚嗎？」

赫蘿搖晃著肩膀沒出聲地笑笑，跟著勾起了羅倫斯的手臂。

兩人的互動真是蠢極了。

「哎，咱聽到的都是有關紐希拉的話題。那些女孩們似乎很少去到樂耶夫山上，聽說是因為那裡不是個太好的地方吶。」

「嗯？」

羅倫斯不自覺地這麼反問。

雖然赫蘿依然保持著笑臉，但羅倫斯感覺得到她內心彷彿出現了一個大缺口。

赫蘿是個愛逞強的人。

當她表現得特別地開朗時，笑臉背後一定隱瞞著什麼事情。

然而，赫蘿一副沒聽見羅倫斯說話的模樣接續說：

「湧出熱泉之地有二十來處。蒸氣從裂開的地面噴出，四周光景宛如世界末日到來，像這些描述也都與從前相同。可是，讓咱有些不滿的是，咱在從前就發現到的、幾處只有咱知道的地點，那些傢伙全曉得位置。那幾處溫泉明明是在又細又窄的山谷間，要是咱沒變身成人類模樣就進不了的地方……」

據說溫泉裡住著精靈，如果前往越難抵達的溫泉，溫泉精靈就會認同那個人的努力，治療病痛或傷口的效果就越好。

所以，對於住在紐希拉的人們來說，前往會讓人忍不住想說「有必要到那種偏僻之地嗎？」的地點尋找溫泉，有一半已算是他們的生存意義。

在這樣的狀況下，那些位在偏遠處的溫泉當然早晚會被發現。

雖然赫蘿一臉極其不甘心的表情，但羅倫斯當然知道那只是她的演技。

赫蘿不小心脫口而出的那句話——

樂耶夫山上不是個太好的地方。

羅倫斯為自己方才的大意感到懊惱。

他應該想到樂耶夫山當然不可能是個太好的地方。

船夫們說過，順著樂耶夫河往上游走會遇到什麼來著？

會遇到一個擁有銅礦如泉水般湧出的礦山，以及擁有豐富銅礦足以量產銅製蒸餾機的城鎮。

而且，拉古薩是從羅姆河上游運送大量銅幣南下。

製造那些銅幣需要什麼呢？

不用說也知道是銅礦，還有大量木柴，或是被稱為黑寶石的石炭。

想必赫蘿是從旅行藝人一行人口中，聽來有關樂耶夫山上的消息。而旅行藝人會把充滿活力的礦山城鎮形容成不好的地方，絕不是指這個城鎮變得蕭條。

他們的言下之意，應該是這個城鎮不適合人們居住吧。

地表裸露的森林，以及骯髒到極點的河水。

那是一個洪水及土石流成了家常便飯，山上只有企圖大撈一筆的人們聚集的地方。

女旅行藝人的意思，或許是指客人素質不好，但城鎮居民的素質好壞正是依其環境而定。

就算聖經上，也記載了「惡樹結惡果，善樹結善果」。

「咯咯，真糟糕，這類事情總是瞞不過汝。」

羅倫斯正猶豫著不知道該怎麼向赫蘿搭腔時，她突然這麼說。

「人們會到處挖掘山岳是從前就有的事情。如今時間過了這麼久，人數肯定也增多了唄，咱多少有些心理準備。」

這不可能是她的真心話。

赫蘿在帕斯羅村待了好幾百年，應該明白一個事實才對。

她應該明白，人類的智慧已經進步到自以為不再需要神明幫助的地步。

「可是，汝啊。」

赫蘿像走在浮出小河水面的踏石上似的踏出一步、兩步，在第三步時，轉身面向羅倫斯說：

「這是咱應該煩惱的事情。看到汝這種表情，咱就是想好好煩惱也不行唄。」

要羅倫斯說出「好傲慢的態度啊」來回應赫蘿的話語，那當然很簡單。

然而，他說什麼也無法這麼說出口。

羅倫斯知道要赫蘿不煩惱是不可能的事，而且當發現約伊茲的地點時，如果看見那裡是一片慘狀，她肯定會發狂吧。

即便如此，赫蘿卻不會為自己可能有的這般反應感到羞恥，而是理解這是很自然的反應。

接著，在一陣悲嘆後，她一定有信心能夠重新振作起來吧。

想到這裡，羅倫斯不禁自我反省了一下。

赫蘿並非如其外表般是個少女。

「哎，事到緊要關頭時，或許會向汝借借胸膛唄。咱得先預約好吶。」

聽到赫蘿般的女孩對自己這麼說，男人當然只能夠回答「包在我身上」了。
「咯咯咯。那麼，換汝說說唄，汝聽到了什麼有趣的話題嗎？」
在赫蘿的催促下，羅倫斯踏出了步伐，同時看向不知道聊了什麼話題，突然發出一陣呼聲的男子們。
「……聊了什麼啊？我記得拉古薩好像說了什麼有趣的……」
或許是在酒精開始作祟，意識如一灘爛泥般癱瘓時聽到拉古薩提起話題的緣故，讓羅倫斯無法立刻憶起話題內容。如果是在平時，羅倫斯總會把見聞到的事物好好整理過，然後像在記帳似的加以分類，這使得他頻頻輕輕頂著頭，為自己的失常感到納悶。
「我記得……好像聽了會忍不住想笑……但又不是好笑事情的話題……」
「是不是有關那小毛頭的話題？」
羅倫斯朝赫蘿指的方向看去，看見寇爾依然在月光下注視著地面。
寇爾的身影，讓羅倫斯腦海裡的記憶輕飄飄地浮現。
「嗯，對……咦？是這個話題嗎……」
「汝和那個船夫能夠聊起的話題頂多只有小毛頭的事情唄。而且，汝等兩人還互相搶人，是唄？」
「我沒和他搶人。不過，拉古薩先生好像是真的很想收寇爾當徒弟。」

羅倫斯眼前很自然地浮現了抵達凱爾貝後，拉古薩猛烈說服寇爾的畫面。

雖說寇爾想學教會法學，但姑且不說他有沒有辦法在年老前完成學業，就算順利完成了學業，有沒有辦法順利當上教會的高級祭司，又是另一個未知數。這麼一想，不禁覺得寇爾還是當拉古薩的徒弟比較好。不過，這樣的想法只是一個旁觀者擅自做的判斷。

就在羅倫斯想著這些事情時，赫蘿仰頭直直注視著他說：

「汝吶？」

「我？我啊……」

羅倫斯閃躲赫蘿的目光，含糊其辭地說道。

如果對象是寇爾，羅倫斯願意收他為徒弟。

只是，羅倫斯覺得現在收徒弟似乎還太早，而且還有另外一個更重要的理由，讓他說話變得含糊。

「咱在帕斯羅村時，一直等待著適合的旅人前來，只是遲遲沒有好的相遇。對於人品的鑑定，汝就放心相信咱的目光唄。」

當羅倫斯發覺時，已經在不知不覺中牽著赫蘿的手。

「還有，那小毛頭雖然很黏咱，不過汝放心，小毛頭應該不會變成汝的對手。」

對於這番話，羅倫斯明顯地別開臉，然後吐了一口長長的白色氣息。

赫蘿發出了咯咯笑聲。

雖然羅倫斯也一副感到疲憊的模樣面向前方，但她應該察覺到了吧。

羅倫斯正在懷疑她會如此大力推銷寇爾的理由。

「反正吶，一切似乎都還很順利的樣子。咱聽到船隻在河上塞著時，還以為又突然遇上一場騷動吶。」

「……妳期待遇上騷動啊？」

聽到羅倫斯問道，赫蘿只是抬起頭露出情緒複雜的表情。

她沒有搖頭，也沒有點頭。

取而代之地，一臉思考狀地看著遠方開口說：

「咱確實是希望能夠悠哉地旅行，但是與汝的旅行總有很多事情糾纏不清。如果有太多時間思考……唔。」

羅倫斯想起與赫蘿一起屈指數著未來還有多少旅行天數，或是一起沉浸在想像中的旅途。

她說的沒錯，有太多時間就會忍不住想東想西。

既然如此，不如乾脆牽扯到騷動，或許能夠得到不同的樂趣。

不過，赫蘿會主動說出這樣的想法，可見她有多麼地煩惱。

所以，為了讓她容易找理由生氣，羅倫斯刻意開玩笑地說：

「太聰明也不見得是好事，對吧？」

雖然羅倫斯在腦海裡排演著赫蘿會如何反駁，而他又應該如何反駁赫蘿；卻遲遲等不到赫蘿開口。

感到奇怪的羅倫斯看向赫蘿後，發現赫蘿深鎖著眉頭。

「太聰明？」

羅倫斯立刻就明白赫蘿並沒有生氣。

因為她臉上浮現的，是純粹感到無法理解的表情。

然而，正因為如此，所以羅倫斯更不明白赫蘿為何會露出這樣的表情。

就在顯得畏縮的羅倫斯說不出話來時，赫蘿輕輕發出「啊」的一聲。

赫蘿發出這麼一聲似乎點醒了羅倫斯。

他也察覺到了兩人想法不一致的原因了。

然後，兩人的視線在空中交會。

同時停下腳步的兩人在陷入一陣沉默後，臉上都不約而同地浮現了像是要掩飾難為情的不悅表情。

「汝該不會是把咱純粹因為感興趣，所以問了汝一大堆有關遠方土地的舉動，給做了什麼奇怪的解釋，進而會錯意了唄？」

有些說不出話來的羅倫斯挑高一邊的眉毛。
他當然希望自己的憂心只是庸人自擾，但同時又有自信這個憂心是正確的。
「難怪那時候汝臉上的表情會那麼奇怪。咱才不需要汝操心吶。」
所以，聽到赫蘿這麼說，羅倫斯強勢地反駁說：
「我把這句話原封不動地送還給妳。反正妳會那麼熱心推銷寇爾當我的徒弟，也是一樣的理由吧。」
這會兒換成是赫蘿用力壓低了下巴。
羅倫斯果然猜的沒錯。
或許赫蘿是因為心地善良，所以救了寇爾，但是她會特別地疼愛寇爾，或是替寇爾撐腰，甚至說了一大堆有的沒的要羅倫斯收他為徒，是因為有其他理由。
然後，只要把方才察覺的事實——「赫蘿所做的事情都是為了羅倫斯而做」套用上去，會得到什麼結論呢？
他一下子就明白了。
羅倫斯自己為赫蘿憂心的事情，赫蘿也同樣為他感到憂心。
兩人互瞪著彼此，誰也不肯放軟態度。
彼此一副像是在主張「軟弱的人是你，所以要由我來保護」似的模樣。

這真的是一件很蠢的事情。

因為兩人都有著一樣的想法。

「真是的……那，妳有沒有什麼事情想先說的？」

決定先放軟態度的羅倫斯夾雜著嘆息聲問道，赫蘿也嘆了口氣說：

「如果有太多時間思考，咱們倆好像都會想一些無聊的事情吶。」

「還把自己的事情擱著不管。」

赫蘿輕輕笑笑後，重新握住羅倫斯的手說：

「即便心裡明白想一大堆有關未來的事情，也想不出個結果來，還是很難控制不去想。」

「不過，完全不去想也不行……確實是很難。」

如果兩人都有自覺現在是最愉快的時候，那更是困難。

不管怎麼去思考，未來永遠會比現在鬱悶。就算兩人彼此相互擔心，只要這個問題還存在，就不會有開朗的話題出現。

「哎，不要聊這個話題了唄。」

赫蘿這麼說，或許她也發覺到了這個事實吧。

羅倫斯也贊同赫蘿的提議。

「難得在這個時間醒來，天氣又冷，找那小毛頭來重新小酌一下唄。」

「還要喝啊？」

對於赫蘿這個提議，羅倫斯一副難以置信的模樣說道。走了出去的赫蘿沒有回答，只是動了動帽子底下的耳朵。

「話說回來，這些傢伙就不能乖乖排整齊睡覺嗎？想好好走路都不行吶。」

因為躺在地上的人們就像從天而降、胡亂散落一地似的朝著各個方向睡覺，使得兩人就是想要直直向前走都成問題。

因為是在寬敞河畔上，所以還勉強能繞著走，如果是在廉價旅店裡，就會讓人忍不住想要抱怨上幾句。

明明所有人只要排列整齊，不僅能夠伸長雙腿，還能夠有容納更多人睡覺的空間，大家卻寧願縮起手腳零亂地睡。

因為人們這樣的習性，羅倫斯不知道有過多少次已經來到旅館前方，卻只能望著寒冷夜空度過一夜的經驗。

羅倫斯回想著這般回憶時，有個模糊的印象打斷了他的思緒。

他回過頭眺望著船夫和商人們的睡姿。

睡相、方向、人數。

這個模糊印象是什麼？羅倫斯這麼想著，再次輕輕頂了頂仍有酒精殘留的頭，卻不小心撞上已停下腳步的赫蘿背部。

赫蘿轉動眼珠，露出銳利的目光瞪向羅倫斯。被赫蘿這麼一瞪，羅倫斯腦海裡的模糊印象頓時變得清晰。

「寇爾小鬼。」

如同寇爾似乎很黏赫蘿一樣，赫蘿自身似乎也很喜歡寇爾。

基本上，赫蘿只會用狐狸啊、鳥啊，還是老頭子之類的來叫別人，根本不會好好稱呼他人的名字。

羅倫斯不禁試著探索記憶，尋找赫蘿是否曾經喊過他的名字。

赫蘿或許喊過他的名字一、兩次，但重新回想起當時的畫面，還是讓羅倫斯不禁感到有些難為情。

「嗯？」

赫蘿發出了少根筋的聲音。儘管她確實喊了名字，寇爾卻好像沒有聽見的樣子。

他該不會是睡著了吧？赫蘿與羅倫斯互看一眼後，走近縮著身子蹲在地上的寇爾。

寇爾用赫蘿換穿的長袍裹著身子，右手拿著細長樹枝之類的東西比劃著，所以應該不可能睡著了才是。

他應該是太專注於手邊的事情吧。

就在赫蘿打算再喊一次寇爾名字的那一剎那，聽見有腳步聲靠近的寇爾猛然回過了頭。

「喲？」

出聲的人是羅倫斯，赫蘿則是一臉愕然。

寇爾似乎也是在精神十分專注之下，無意識地回過了頭。他吃驚地注視著赫蘿與羅倫斯，然後慌張地撿起手邊的某個東西。因為傳來清脆的金屬聲，所以應該是貨幣吧。而且，寇爾順著站起身子的動作，用腳遮住了某件事物。

目光銳利的不只有赫蘿一人而已。

羅倫斯也把視線移向寇爾腳邊，發現他似乎是用腳遮住畫在地上的圖樣。

羅倫斯還來不及思考寇爾畫了什麼，他便已經用腳擦去圖樣，然後開口說：

「怎、怎麼了嗎？」

透過牽著的手，羅倫斯感受到赫蘿似乎想說「咱們才想這麼問呢」，而他也知道這不是自己多心。

很顯然的，寇爾隱瞞著什麼。

「嗯。因為在這種怪時間醒了過來，所以想說要不要一起小酌一下吶？」

「……」

寇爾露出極其厭惡的表情，這應該是他真實情緒的表現吧。

因為他似乎才在不久前，被拉古薩灌醉到不支倒地。

「呵。鬧著玩的，肚子餓不餓吶？」

「呃……啊，有一點。」

寇爾在地面上畫的似乎是小小的圓圈。

地面上似乎畫了好幾個圓圈，只是羅倫斯無從確認起。

「嗯。汝啊，咱們有足夠的食物唄？」

「嗯？喔，有是有，只是……」

「只是？」

羅倫斯聳聳肩回答說：

「多吃了一些，就會少一些啊。」

赫蘿輕輕打了一下他的手臂說：

「那就這麼決定。可以的話，咱是比較希望在火堆旁坐下來……」

「如果去了那邊，肯定會被纏上的。我們去向他們借火，自己在這邊找地方坐吧。」

「嗯。那麼，先拿咱們的行李……」

一方是瘋狂跳舞，另一方是醉得連身上何時被蓋上棉被都不知道。

赫蘿與羅倫斯同時看向寇爾，寇爾見狀，一副有些難以置信的模樣說了句：「兩位真的不記得了嗎？」

如果赫蘿與羅倫斯的兩人之旅多了個徒弟寇爾，每天應該都會上演這樣的互動吧。

「咯咯咯。沒辦法，兩個醉鬼吶。抱歉，去幫咱們拿來，好嗎？」

「我知道了。」

說著，寇爾小跑步地跑了出去。

留在原地的羅倫斯與赫蘿兩人，並肩目送著寇爾的背影。看著看著，羅倫斯不禁覺得這樣的畫面似乎還不賴。

不過，羅倫斯會有這樣的感想，當然是因為赫蘿就在身旁。或許是與羅倫斯有了同樣的感想，只見赫蘿輕輕倚在他上。

羅倫斯知道一個詞能夠形容現在的畫面。

然而他不能說，因為說出口就輸了。

「汝啊。」

「嗯？」

赫蘿沉默了好一會兒後，搖了一下頭說：

「沒事。」

「這樣啊。」

羅倫斯當然知道赫蘿想說什麼。

即便如此，他卻有種不應該去思考赫蘿想說什麼的感覺。

「對了。」

「嗯？」

「寇爾的故鄉好像是一個叫做彼努的地方，妳聽過嗎？」

因為跑得太急，寇爾似乎踩到了躺在地上睡覺的船夫、或是其他什麼人的腳。

羅倫斯面帶笑容眺望著寇爾不斷道歉時，赫蘿加重了握緊他的手的力道說：

「汝啊，剛剛說了什麼？」

赫蘿的聲音顯得不平靜。

這麼想著的羅倫斯回頭一看，看見了赫蘿帶著笑意的眼眸。

「騙汝的吶。」

「……別鬧了。」

「呵，咱怎麼可能什麼事情都知道吶？」

雖然赫蘿這話說的沒錯，但有時對於越重要的事情，她明明知情，卻越愛佯裝不知情，甚至喜歡把事態嚴重的大事說成芝麻小事。

如果什麼都要懷疑，那永遠懷疑不完。儘管明白這樣的道理，兩人一路旅行下來的經驗卻告訴羅倫斯，赫蘿會開這種玩笑就已經顯得不尋常。

或許是因為剛剛踩了船夫的腳，寇爾這會兒非常小心翼翼地走著。赫蘿望著寇爾這般模樣哈哈大笑，而羅倫斯則是凝視著她的側臉。這時，赫蘿沒轉頭看向羅倫斯，嘆了口氣說：

「下次咱還是控制一下的好。」

「……這樣我會輕鬆很多。」

就在羅倫斯這麼說時，寇爾正好走了回來。

「怎麼了嗎？」

「嗯？沒事，只是正好提到你的故鄉。」

「喔。」

寇爾回答得有氣無力。或許寇爾應該不至於鄙視自己的故鄉，只是認為提起出生地毫無樂趣可言；但是他也有可能覺得自己的故鄉是個不足以成為話題的村落。

如果對自己的故鄉有那麼一點點信心，應該會立刻露出興奮的目光才對。

「是彼努，對唄？那村落有什麼傳說嗎？」

「傳說嗎？」

因為赫蘿是一邊說話，一邊打算從寇爾手中接過行李，所以寇爾也一邊反問，一邊把行李遞給赫蘿。

「嗯，總有一、兩個傳說唄。」

「呃……」

突然被問及這個問題，應該會感到猶豫吧。因為不管是多麼偏僻的村落，一定會有各種大大小小的傳說或迷信。

「你跟我聊天的時候，不是提到教會來到山上，讓你們很困擾嗎？也就是說，包括彼努那附近一帶，應該有其他神明存在吧。」

聽到羅倫斯這麼說，寇爾似乎總算掌握到了狀況。

他點了點頭，開口說：

「是的，有傳說。彼努是巨大蛙神的名字，長老說他親眼看過彼努。」

「喲？」

寇爾的話題似乎勾起了赫蘿的興趣。

三人先坐了下來後，赫蘿與羅倫斯為自己準備了酒，為寇爾則是準備了麵包及起士。

「彼努現在的村落位置和以前不同。聽說很久以前發生過一場山崩地裂，從山頭沖下來的大水積成了湖泊，村落因此掉進了湖底下。在那場山崩地裂發生時，當時在山上幫忙獵殺狐狸、還是個小孩子的長老說他看見了一隻巨大的青蛙。聽說那時，從山谷通往村落的唯一一條道路，被一邊沖倒樹木一邊流動的濁流淹沒，後來那隻巨大青蛙出現，擋住了濁流。」

很多地方都存在著守護村落，讓當地免於受到大災難的神明傳說。

據說教會一個一個地把這些傳說改寫成他們信仰的神明所為，但是從溫馴的寇爾都如此興奮地描述著傳說的表現看來，就能夠知道教會不可能順利達到這樣的企圖。

有關神明或是精靈的傳說，不單純只是神話故事。

現在的羅倫斯能夠直率地這麼認為，所以更覺得教會不可能達成目的。

「後來，趁著彼努蛙神擋住濁流的時候，長老們趕緊下山跑到村裡告訴村民這件事，村民們因此好不容易逃過了一劫。」

寇爾描述完後，似乎察覺到自己變得有些興奮。

他一副擔心說話太大聲的模樣環視著四周。

「嗯，那裡的神明只有青蛙嗎？有沒有狼神之類的？」

赫蘿似乎耐不住性子了。

聽到赫蘿這麼詢問，寇爾很乾脆地回答說：

「有，有很多狼神的傳說。」

赫蘿從袋子裡取出的肉乾差點就掉落在地上，她硬是假裝冷靜地把肉乾送進嘴邊。

她的手微微顫動著，而羅倫斯當然佯裝沒看見。

「不過，在一個叫做魯比的村落有比較多關於狼神的傳說。對了，就是我跟羅倫斯先生說過的，那個住了很多獵捕狐狸和貓頭鷹高手的村落。」

「喔，你是說教會到訪的那個村落啊？」

寇爾之所以會露出苦笑點了點頭，當然是因為造成他踏上旅途的原因，正是教會去到那個村落的緣故。

「在魯比村，流傳著村民們的祖先是狼的傳說。」

赫蘿咬在嘴邊的肉乾前端大幅度地晃動著。

羅倫斯不禁佩服起她還咬得住肉乾。

不過，他也想起在異教徒城鎮卡梅爾森時，詢問過女編年史作家狄安娜的問題。

那是有關人類與神明結為連理的問題。

雖然羅倫斯那時是為了恐懼孤獨的赫蘿詢問了這個問題，但到了現在，這個問題的意義變得有些不同了。

就在羅倫斯心想「千萬別被赫蘿捉弄才好啊」時，寇爾這麼接續說：

「根據我後來到處聽來的傳言，聽說教會的人會來到魯比村，就是為了狼神而來。」

「為了狼神？」

「是的。不過，魯比村裡沒有狼神，因為傳說裡有提到狼神已經死了。」

羅倫斯無法掌握這是怎麼一回事。

既然傳說裡有提到狼神已經死了，教會就不應該會為了狼神而來才對。如果說教會是因為狼神已死，所以比較容易傳教的目的，那或許讓人比較能夠理解。

而且，來到魯比村的一行人，只因為想必也兼任指揮官的高位傳教士生病，就從村落撤離。教會前來的目的與撤離的理由，給人一種銜接不上的感覺。

照這樣看來，簡直就像為了尋找什麼東西而來到魯比村似的。

一路思考到這裡，羅倫斯察覺到了一件事。

他察覺到教會一行人是為了偷偷地尋找某物而來。所以他們才會特地來到深山裡，來到一個信仰的神明早已死去的村落。

「聽說魯比村的狼神是在很久以前負傷來到村落，最後便死在魯比村。那時狼神為了感謝村民的照顧，留下了祂的右前腳和精子。狼神的精子是由魯比村民的子子孫孫繼承下來。右前腳則一直守護著附近一帶，使當地免於受到流行病以及天災地變的侵害。然後，聽說教會的人們就是在尋找這個狼神的右前腳。」

寇爾一副像是在描述神話故事般、不是打從心底相信傳說內容的模樣說道。

任何人一旦開始四處旅行，就會知道世界有多麼遼闊，也會開始認為從前深信不疑的村落傳說是隨處可見的陳腐故事，會有這樣的心態是很常見的事情。

「不過，話雖這麼說，我們村落都因為一場山崩地裂而掉進湖底了，所以魯比村的狼神是否真的留下了前腳，很讓人懷疑就是了。」

寇爾一邊說道，一邊笑笑。

在接觸外面的世界而得到智慧後，他不可能沒察覺到傳說與實際狀況之間的不一致。

寇爾察覺到的這個事實，或許只會使他對於故鄉傳說的信賴心變得動搖吧。

然而，羅倫斯與他相反。

因為遇上赫蘿，他得知了這類傳說並不單純只是神話故事。

這麼一來，羅倫斯的商人本性當然會告訴他，或許可以把腦子裡裝的各種情報以及寇爾所說的事情搭在一起思考看看。

這股動力甚至喚醒了羅倫斯原本變得模糊的記憶。

他想起自己在醉倒前，聽到拉古薩所說的話。

羅倫斯當然明白自己只是恣意地把一切串聯起來。

不過，他所做的聯想卻是如此地合乎邏輯。

「那，你對傳說感到懷疑嗎？」

赫蘿似乎立刻察覺到氣氛有所不同，她從帽子底下露出銳利的目光看向羅倫斯。

寇爾輕輕笑笑說：

「……就無法完全相信的意思來說，我確實是感到懷疑。不過，說到關於神明到底存不存在的邏輯想法，我已經在學校學了很多。所以，要催眠自己這麼去想是很簡單的事情。也就是說，魯比村的狼神前腳已經早在幾十年前……」

寇爾在南方的學校經歷了各種苦難，並且抱著「或許有機會，就回到故鄉去吧」的想法一路流浪到了這一帶。

有著如此心態的寇爾首先會怎麼做呢？

照常理來說，他當然會想收集有關故鄉的話題吧。

這樣一來，寇爾就算收集到了與羅倫斯相同的情報也不足為奇。

而兩人最大的不同，就只在於是否能夠相信這個無稽之談。

羅倫斯刻意不看向赫蘿，但相對地握緊了她的手。

「藏寶圖往往都是在寶藏被偷了後，才會出現。」

寇爾瞠大了眼睛。

然後，他緩緩瞇起瞠大的眼睛，臉上浮現淡淡的靦腆笑容。

那是一副「我不會再被騙了」的表情。

「可是，不可能會有這種事吧？怎麼可能有人買賣狼神的前腳？」

「──」

赫蘿倒抽了一口氣。

寇爾果然收集到了與羅倫斯相同的情報。

她用力握緊了羅倫斯的手。

並以視線代替話語投向羅倫斯，但羅倫斯沒有看向她。

「也是啦，畢竟世上有太多偽造品嘛。」

在樂耶夫上游地區，有個名為雷斯可的城鎮。據說，這個城鎮的商行在尋找的東西就是狼神的右前腳。

拉古薩會在酒席上說出這個話題，可見這一定是盛傳於船夫之間的謠言。

而且，過著流浪生活的寇爾都知道這件事，就表示這件事在旅人聚集的旅館或是餐廳裡，也成了眾人談論的話題吧。

所謂無風不起浪，但是造成這個謠言盛傳的原因，也可說在於北方是一塊異教猖獗的土地。

累積了七年的行商資歷後，羅倫斯當然有機會遇到好幾次這類的話題。

聖人遺體、天使羽毛、奇蹟聖杯、神之羽衣。

這幾樣物品都是會讓人不禁發笑的偽造品。

「那個，我真的沒有很相信這個謠言喔。」

看到羅倫斯，尤其是看見赫蘿沉默不語，寇爾似乎以為兩人是對他抱著難以置信的態度。

所以他慌張地這麼解釋。

「不過，如果有機會確認真相，我當然是有興趣想知道……」

說著，寇爾臉上浮現帶了點落寞的笑容，那模樣看起來，就像個得知魔術其實是騙人手法的小孩子一樣。

如果他知道眼前的赫蘿其實是狼神的眷屬，不知道會有什麼樣的反應？

羅倫斯不禁對寇爾會做出什麼反應感到好奇。

不過，羅倫斯本以為赫蘿當然也會想在寇爾面前變回原形，但從她的模樣看來，不像有這個意願的感覺。

取而代之地，赫蘿用著十分平靜的眼神看著寇爾。

「話說回來，假設教會真的在尋找腳骨，還真不知道他們是抱著什麼想法這麼做。」

雖然羅倫斯頗為在意赫蘿的反應，但是畢竟這個話題與赫蘿關係深切，或許她也在思索著什麼吧。

於是，羅倫斯先這麼說，好讓話題延續下去。

「抱著什麼想法？」

「嗯。你想想啊，如果教會相信那個腳骨是真的狼神腳骨，才前來尋找，就等於承認了異教之神的存在。教會不可能這麼做吧？」

寇爾一臉愕然地嘀咕了句：「確實是這樣沒錯。」

「聽您這麼說，好像真的有些奇怪……」

如果是真的狼神腳骨，想必會是體型如赫蘿般巨大的狼神，那腳骨一定也會大得嚇人吧。

雖然記憶有些模糊，但羅倫斯記得拉古薩好像說了「地獄看門狗」。

教會如果找到了腳骨，或許是打算擅自這麼命名，好用來傳教吧。

只要把腳骨說成是殉教聖人的骨頭，想怎麼利用都行。

就在羅倫斯這麼想著時，寇爾忽然揚聲說：

「啊，該、該不會是……」

羅倫斯心想寇爾可能想到了什麼，於是把視線移了過去。這時，在火堆旁喝酒的男子們似乎也發現了什麼有趣的事情，突然發出一陣笑聲。

就在這個瞬間——

啪！某物斷裂的聲音傳來。

因為赫蘿的心情看起來不太好，所以羅倫斯一瞬間懷疑是她做了什麼事情。

他立刻把視線移向赫蘿，結果發現她也是一副不知道發生何事、有些驚訝的表情。當兩人視線相交時，赫蘿似乎看出了羅倫斯的心聲。

她搥了一下羅倫斯的肩膀。

「剛、剛剛是什麼……？」

或許是因為一直在談論神明之類的話題吧。

寇爾明明才說自己對於神明的存在抱持半信半疑的態度，現在卻膽怯地喃喃說道。

畢竟信仰心不是那麼容易就會消失的，看見赫蘿有些開心的模樣，羅倫斯差點忍不住噴笑了出來。

在那之後，有好一陣子沒有再傳來聲音，坐在火堆旁的男子們也放鬆了挺直的腰桿，其中還有人對著羅倫斯三人這裡聳了聳肩。

剛剛那到底是什麼聲音啊？就在現場所有清醒的人都這麼想著時——

才再次傳來「啪！嘎吱！」的聲音，緊接著又傳來一陣不明巨大物體破裂的聲音。

從河川處傳來的聲音。

就在羅倫斯這麼想時，木頭嘎吱嘎吱作響的聲音，還有「啵」的一聲、像是巨大氣泡冒出河面的聲音跟著出現。

寇爾站起了身子。

羅倫斯也彎著一邊膝蓋看向河川。

「船！」

在火堆四周喝酒的人們這麼大喊著。

羅倫斯立刻把視線移向河面。

他在河面上看見了一艘在月光籠罩下，彷彿就要出港的巨大船舶。

「喂！快來人啊！」

在火堆四周喝酒的人們儘管站起身子喊叫著，卻沒有一人採取行動。

他們應該都是商人或旅人吧。羅倫斯也站了起來，而說到寇爾，他早已不自覺地跑了出去。

只是，在跑了三、四步後，他似乎不知道該怎麼做才好，所以站在原地不知所措。

所有人都知道船舶就快被河水沖走，也都知道必須阻止這樣的事情發生。

只是，沒有人知道該怎麼做。

就在這個瞬間，叫聲響起：

「守住船隻！」

那些把身體縮得像是一坨牛糞般在睡覺的船夫們，一聽到這聲吆喝，全都跳了起來。

或許是因為習以為常，所有船夫們都毫不猶豫地朝向河川跑去。

儘管前晚喝得爛醉如泥，大部分船夫的腳步卻都踩得相當健穩。

在他們之中，拉古薩與另一名船夫最先抵達停靠在河岸邊的船隻。

兩人一邊濺起水花，一邊抓住船身後，便像在跟牛隻比賽誰力氣大似的使勁推著船隻。

拉古薩先跳上船，另一名船夫好不容易地也跳上了船。

或許是為了採取次要良方，一些來不及坐上船隻，但確實已清醒的船夫們毫不遲疑地就跳進河中，游向停泊船隻。

雖然緩慢，但是疊在沉船上的船舶確實順著水流開始移動。

應該是因為被綁上好幾次繩索反覆受到拉扯，使得羅倫斯等人原本打算拉起的沉船變得脆弱了吧。

沉船因而承受不住船舶的重量被壓碎了。

如果船舶就這麼被沖走，很可能在河川轉彎處又撞上淺灘而擱淺。

而且，河川下游地區也有船隻停泊。

船舶萬一撞上小型船隻會是什麼樣的狀況，就算三歲小孩也知道。

不過，船夫們之所以能夠做出宛如受過長期訓練的騎士般跳進河中的舉動，與其說他們是因為考慮到這些實際的理由，不如說他們是為了顧及身為船夫的名譽比較貼切吧。如果讓同一艘船擱淺了三次，誰知道他們的名譽會損失多少。

寇爾向前踏出了兩、三步，或許他是被拉古薩等人的勇敢行為吸引了。

羅倫斯也吞了一口口水，觀看著事態發展。

畢竟那是一艘需要四、五名划槳手才划得動的大船，想要讓大船停下來，當然沒那麼容易。

然而，羅倫斯並非與其他人抱著同樣的想法注視著船夫們的努力。

因為赫蘿一站到他身旁，便這麼喃喃說：

「汝真的不知道嗎？」

「咦？」

雖然羅倫斯一瞬間以為赫蘿指的是船隻的狀況，但後來發現如果是指這個，她的話語會變得意思不明。

所以，他立刻察覺到赫蘿是指「真的不知道教會為何要尋找腳骨嗎？」的意思。

「妳知道嗎？」

這時，一陣呼聲響起。

羅倫斯一看，發現拉古薩用著讓人看了會為之癡迷的高超技巧，將船隻划到擱淺船旁邊，在追過擱淺船之際，另一名船夫跳到擱淺船上撐起了篙。

然而，想要讓擱淺船停下，似乎很困難的樣子。在朦朧月光映照下，篙看起來就像不可靠的細長樹枝。

羅倫斯彷彿就快聽見拉古薩咋舌的聲音。

「咱知道。因為就像汝以行商為生計一樣，咱一路過來也是以人類的信仰為生計吶。」

赫蘿話中會帶著刺，證明了她心情欠佳。

羅倫斯不知道她為何生氣。

不過，羅倫斯至少知道惹得她生氣的起因在於教會。

「咱之所以討厭被尊稱為神明，是因為大家都會在遠處圍起圓圈望著咱。大家恐懼咱的一舉手一投足，說咱是值得尊敬、可貴的存在。所謂提心吊膽，指的就是大家的反應。所以汝啊，只要反過來思考……」

「太危險了！」

某人這麼大喊著。

拉古薩的船隻繞到了大船前方，想要以這樣的方式停住大船。最壞的狀況有可能會被大船壓過，沉入河中。

河面傳來了船身互撞的低沉聲音。注視著河上景象的所有人都倒抽一口氣，握緊了拳頭。拉古薩的船隻大幅度地晃動著。儘管在人人擔憂著「會不會翻船」、河畔上氣氛緊張到最高點的這個瞬間，羅倫斯還是把視線移向了赫蘿。

因為他明白了赫蘿方才想說出口的話。

「該不會是想把腳骨……」

然後，傳來了波浪散去的巨大聲響。

在經過宛若永恆般的短短數秒後，擱淺船明顯地減緩速度，幾乎已經停了下來。

這樣可以放下心了。

這般安心氣氛蔓延開來，最後傳來一陣歡呼聲。

大展身手的拉古薩，像是誇耀勝利似的在船上高高舉起單手。

羅倫斯無法為了停下擱淺船這件事感到開心。

因為教會殘酷的作風讓他滿口苦澀。

「沒錯。如果拿到了真的腳骨，然後用腳踐踏一番，汝說會怎樣？就算咱們再了不得，也不可能在化為一堆白骨後，還能夠咬死那些蠢貨唄。咱們只能忍受被踐踏，根本不可能發生什麼奇蹟。然後，看見這般光景的傢伙們會怎麼想吶？他們會這麼想唄——」

後頭的船隻很快地趕上現場，幾名船夫跳上擱淺船，丟出繩索。

經年累月在相同場所工作的船夫們，表現著說不出的一致感，讓人深刻感受到船夫們在工作時培養出來的默契之深。

面對這突如其來的狂熱氣氛，若有可能，羅倫斯還真希望自己也能夠和船夫們一同參與。

「搞什麼，原來咱們提心吊膽敬畏著的對象只是這般程度的存在吶。」

比起費盡唇舌地解說教會之神有多麼了不起，這麼說的效果會好上幾百倍吧。

想到說出這般話語的合理性，就讓人不禁佩服起教會不愧是好幾百年來，一直與異教對抗的存在。

然而，赫蘿與這個可能遭到踐踏的腳骨主人說不定是朋友，搞不好還可能是具有血緣關係的親戚。

對於皮草買賣，赫蘿說過自己能夠坦然接受。

即便如此，皮草買賣和遺骨遭到踐踏根本是兩碼子事。

赫蘿的眼瞼顫動著，但不是因為想哭泣，而是由於她怒不可遏。

「那麼，汝怎麼認為吶？」

在口哨聲及掌聲不斷響起之中，拉古薩等人動作熟練地用繩索把船隻全繫住，忙著處理停泊作業。

每名船夫的動作都像是習慣得不需要思考似的，非常合理性地進行著作業。

而教會是在信仰的領域之中，運用他們的習慣動作。

為了拓展信仰，一切事物都能夠化為道具。

「我覺得……很過分——」

「大笨驢。」

赫蘿踩了羅倫斯一腳說道。

從腳的疼痛感看來，羅倫斯能夠感受到赫蘿有多麼焦躁。

「咱沒問汝如何區分事情善惡，反正汝跟教會一樣都是人類——」

在猛然閉上嘴巴的赫蘿說出「抱歉」之前，羅倫斯反過來踩了赫蘿一腳，表情認真地傾著頭看向她。

他用眼神告訴赫蘿「我已經報仇了」。

不知道是為了讓自己冷靜下來，還是為自己的失言感到懊惱，或許兩者都有吧；赫蘿咬了嘴唇後，才接續說：

「……咱指的不是這個，咱指的是那個謠言、那個尋找腳骨的謠言。汝認為這會是事實嗎？」

「一半一半。」

或許是聽到羅倫斯想也沒想地就做出回答，赫蘿露出帶點苦澀的表情看向羅倫斯。

她是在反省自己在沒必要的地方惹了羅倫斯生氣。

「不，我是真的認為有一半一半的可能性，才會想都沒想地說出來。這類謠言，跟寇爾在學校被騙的事件一樣多到不行。」

羅倫斯頂出下巴指向寇爾說道。

他與其他人一樣，正在為拉古薩等人的活躍表現高聲歡呼著。

因為寇爾穿著赫蘿的長袍，看著他的天真背影，就彷彿看見了赫蘿的背影。

「既然這樣，就不能說是一半一半唄。」

「我知道妳的存在，所以我不可能覺得這個謠言會是經常聽得到的無稽之談。這麼一來——嗯，可能性應該就是一半一半了吧。這個謠言之所以會形成，是因為商行有所行動，但是我不知道那會不會真的是來自魯比村的腳骨。至於教會前往魯比村的事，只要寇爾沒有說謊，就是事實吧。」

拉古薩等人似乎完成了作業。

船夫們有的人坐上拉古薩的船隻，有的人則是英勇地跳進河中游上岸。

河畔上的人們朝著就快熄滅的火堆裡頭大方丟進剩餘的木柴，並拿出酒慰勞英雄們。

「喏，汝啊。」

「嗯？」

赫蘿握住了羅倫斯的手。

那舉動給人彷彿當她有求於羅倫斯時，非得先這麼捉弄羅倫斯不行似的。

「就這麼悠哉地繼續旅行，找到約伊茲後，就互相道別。汝覺得這樣如何？」

聽到赫蘿這麼切入話題，羅倫斯不禁笑了出來。

赫蘿生氣地讓指甲陷入他的肉裡。

所謂凡事都有限度。

看見赫蘿如此明顯的舉動，羅倫斯當然不敢說出像是「妳還真不坦率啊」之類的話語。

羅倫斯深深吸了一口氣後，吐出氣說：

「拜託妳別問我這種問題好不好。我去接妳的時候，說了什麼？」

赫蘿別開視線不肯回答。

雖然羅倫斯不禁懷疑自己是不是看花了眼，但她確實像是有些害羞的模樣。

「反正，說不定會發現這純粹是個謠言。如果妳對這話題感興趣，我無所謂。」

「那如果發現不是謠言吶？」

所謂賢狼，指的就是具有智慧的狼。

玩弄文字是其擅長的遊戲。

羅倫斯用著更加輕率的口吻說：

「如果真是事實，可能會弄得遍體鱗傷喔。」

「因為咱會生氣嗎？」

羅倫斯輕輕閉上了眼睛。

然後，在羅倫斯睜開眼睛的瞬間，寇爾帶著興奮熱度未退的表情，轉頭看向這裡。他似乎察覺到了兩人之間的氣氛不尋常。

寇爾一副彷彿看了不該看的東西似的表情，慌張地轉頭面向前方。

「這類物品都有著令人無法相信的高價，因為很多時候教會都會濫用其威信。也就是說——」

羅倫斯看向身旁的赫蘿說道。

他知道寇爾轉頭偷看著這裡。

不過，他並不怎麼在意。

「這是一個違反妳的倫理觀念、攸關教會威信、作為商品還能夠定得高價的物品。如果出手碰了這物品，當然不可能只是受點小傷就能了事。」

赫蘿面帶微笑把空著的手舉高到胸前，輕輕揮了揮手。

寇爾慌張地別開視線。

她緩緩放下手說：

「說穿了就是要去尋找遺骨，汝沒必要勉強陪咱去做。」

這種說法太卑鄙了。

卑鄙得讓羅倫斯甚至不願意這麼說出口。

羅倫斯把空著的手舉高到胸前，輕輕頂了一下赫蘿的額頭說：

「我跟妳不一樣，我想讓書本厚一點。」

「……真的嗎？」

就這麼繼續旅行直到老死那一天，這樣的人生或許也有其魅力存在，但羅倫斯不得不老實說，這樣的人生多少讓他感到有些痛苦。

在經歷誇張的相遇以及旅途後，痛苦的劇烈程度更是逐漸加深。

在一年即將結束或是收割結束時，人們為什麼要聚在一起跳舞狂歡一場呢？

羅倫斯覺得自己現在明白了其理由。

「故事應該有個段落比較好，對吧？」

「就算會有危險？」

羅倫斯搖搖頭回應赫蘿。

他已不是血氣方剛的年輕人。

必須過自己的生活。

「當然得要妳避開危險。」

赫蘿臉上浮現了自傲的笑容說：

「咱可是賢狼赫蘿吶。」

這真是一件蠢事。

假使商行真的在尋找腳骨，教會也虎視眈眈地想要得到腳骨，孑然一身的商人怎麼可能有所影響？

即便如此，羅倫斯還是不禁心想。

與赫蘿的旅行，無法只靠著去掉配料的爛糊食物得到滿足，而是得靠著灑上大量辛香料的大塊厚實牛肉才行。

赫蘿輕輕笑笑後，走了出去。

然後，她輕輕頂了一下豎耳偷聽著兩人說話的寇爾的頭，跟著推了寇爾背部一把，朝著拉古薩等人的方向走去。

羅倫斯也緩緩地走在他們後頭。

夜空高掛著明月，甚至讓人覺得舒服的冰冷空氣隨著船夫們的笑聲而晃動。

以旅途中的一小段落來說，這或許是一個相當美妙的夜晚。

羅倫斯深呼吸一口氣。

這麼說或許會惹得赫蘿生氣，但羅倫斯對於謠言是真是假，其實不怎麼感興趣。

比起謠言是真是假，還有更重要的事情。

「……」

他不禁感謝起月神，讓兩人有了繼續前進的理由。

終幕

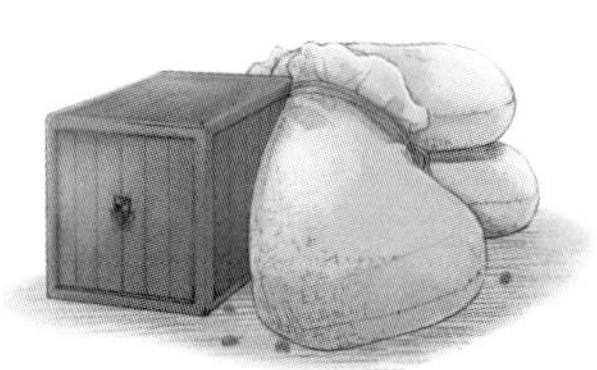

清晨時分。

就在太陽從地平線升起的瞬間，因為感覺到陽光投射在臉頰上而醒來。

睜開眼睛一看，才發現原來臉頰感受到的不是陽光的溫暖，而是赫蘿的氣息。

在被窩裡縮成一團睡覺的赫蘿，時而會從棉被底下探出臉來，大概是為了呼吸新鮮空氣吧。

因為這麼想著，於是看向了赫蘿的臉，結果發現她的臉頰有點濕潤。這代表直到方才，赫蘿都一直把臉埋在被窩裡頭。

她的臉頰簡直像剛揉好的麵糰。

看著好似就要膨脹起來的臉頰，羅倫斯心想：麵糰的形容還真是合適無比。

不過，赫蘿這副睡臉似乎比平時更沒有防備。

那不單是感到安心的睡臉，而是甚至會讓人覺得，那是她有自信絕對不會作惡夢的睡臉。就連燒焦的瀏海，都像是在衝入冒著熊熊大火的城堡後，平安歸來的騎士胸口所別著的勳章。

不，這麼形容可能太誇張了。

想到這裡，羅倫斯露出苦笑，打了一個哈欠。冰冷又乾燥的皮膚痛苦地呻吟著，羅倫斯感受著如薄薄一層冰膜裂開般的感覺，意識越來越清醒。

今天同樣是個晴朗的好天氣。

過了不久，閉著眼睛的赫羅輕輕揪著臉，再次慢吞吞地鑽進被窩底下。

羅倫斯本以為船夫們在擋住險些被河水沖走的大船後，說不定會徹夜狂歡、大肆慶祝，但他後來發現，船夫們似乎都十分明白應該盡守的本分。

他們都明白徹夜喝酒後，帶著醉意南下河川是一件多麼危險的事情。

所以都在小酌一番後，沒等到衣服烘乾，便早早就寢了。

幸好岸上有著被運下船的大量皮草，所以就算衣服還沒乾，船夫們也能夠熟睡到天亮吧。

不過，為了有效率地取暖，肌肉發達的男子們光著身子一起躺在皮草上睡覺的光景，還真是有些壯觀。也難怪赫蘿會說「這實在很難以言語來形容吶」。

讓赫蘿不禁說出這種感想的男子們似乎還沒醒來，羅倫斯發現醒來的好像只有他一人。

他不是因為覺得冷而醒來，也不是因為昨天白天在船上打了瞌睡。

雖然幾天前才感受過此刻的這種心情，卻令他感到十分懷念。

那是珍惜每一分一秒，一心只想做生意的日子。

此刻的心情就跟那時候一樣。

天亮代表著能夠遇上新的賺錢機會，以賭博來形容的話，就等於是掀開下一張紙牌的動作。

掀開一張，再掀開一張，再掀開一張。

那時的羅倫斯只能前進，但這讓他感到愉快。

此刻的感覺就跟那時候一模一樣。

與赫蘿的旅程即將結束——隨著這種感覺日益變得真實，羅倫斯不記得自己在早晨醒來時，有沒有過像此刻的感覺。也不記得入睡時，是否害怕過天明。

儘管明白旅行一定會帶來離別，還是改變不了討厭離別的感覺。就連堂堂賢狼赫蘿，也控制不了這方面的情感吧。

這麼一想，羅倫斯不禁討厭起只是個人類的自己。

厭惡自己的羅倫斯今天難得在醒來時感到喜悅。不過，他知道自己感到喜悅的原因。

因為有了繼續前進的理由。

在雷諾斯時，兩人決定要以笑臉迎接旅行結束的那一天，也決定了目的地。

然後，兩人昨晚決定了前往目的地的方法。

就這麼悠哉地繼續旅行，找到約伊茲後，就互相道別。汝覺得這樣如何？

赫蘿昨晚這麼說了。

一個日夜只想著賺錢的商人和一隻面目猙獰的狼，怎麼可能度過一趟悠哉的旅行呢？

所以，羅倫斯就像個小孩子一樣感到興奮不已。

雖然根本不知道那個謠言是真是假，而且如果是真的，對赫蘿來說很有可能是個令她心痛的結果，但羅倫斯仍然感到興奮不已。

而且他不覺得這樣的自己太過輕率。

為什麼呢？

「啾！」

棉被底下傳來了噴嚏聲。

在狹窄旅館裡進行商談時，為了避免談話內容遭人竊聽，商人必須懂得判斷在四周睡覺的傢伙們是不是正在裝睡。

如果有人打噴嚏或是咳嗽，就表示那個人醒著。

羅倫斯掀開棉被一看，發現赫蘿正揉著鼻子。

赫蘿立刻察覺到羅倫斯的視線看了過去，她的眼神不像平常那樣睡眼惺忪的感覺。

「嗯……好久不曾醒來感覺這麼舒服吶。」

為什麼呢？

因為羅倫斯知道赫蘿應該跟他有著同樣的心情。

「你們真的要走啊？」

太陽已高高升起，四周的船夫們無不忙著為出航做準備。

拉古薩把雙手交叉在胸前，擺起架子眺望著其他船夫為他的船隻做準備。

這似乎是船夫們之間的習慣，是一種對拉古薩在昨晚立下的功績表示讚揚的方式。

不過，一副彷彿在說「昨晚的功績全是我一人所為」似的擺著架子的拉古薩，在聽見羅倫斯兩人不繼續南下河川，還是決定折返雷諾斯後，立刻像個小孩子一樣慌張不已。

「雖、雖然我們在這裡耽擱了一晚，但是從這裡開始我會以超快速前進，一下子就能夠把時間拉回來。」

拉古薩像是要纏著人不放似的說道。

不過，羅倫斯始終保持冷靜地回答說：

「沒關係的，我們要去凱爾貝的行程安排本來就有點勉強。昨天晚上重新考慮後，決定還是回雷諾斯去。」

「嗚……這樣啊……身為一個船夫，這實在是一件丟臉的事情，不過……既然已經決定……那也沒辦法。」

看見拉古薩露出就算荷包掉了，想必也不會顯得這麼難過的表情，使得說著謊的羅倫斯不禁感到過意不去。

其實兩人根本沒打算回到雷諾斯，而是打算先到凱爾貝一步。

兩人甚至必須扯謊來表示不乘船，是因為兩人打算用不可告人的方法前往凱爾貝。

「從這裡走回去，只要一天就到得了。當然了，這趟許久不曾坐過的船旅，真的很愉快。」

羅倫斯刻意用著在商談中閒聊的口吻說道，拉古薩露出苦笑，深深嘆了口氣。

他懂得死心的表現也很符合船夫的作風。

「反正，有相遇就一定也會有離別。我是從城鎮到城鎮的船夫，相信不久後，還會載到相同的旅人吧。」

說著，拉古薩伸出了手。

既然乘船時握了手，下船時當然也要握手。

搭上同一艘船的人，就必須同舟共濟。

既然願意將自己的生命託付給對方，對方當然是朋友。

「是，我是個旅行商人，將來會有再次來到這裡的時候吧。」

羅倫斯握住拉古薩的厚實手掌說道。

「就是這麼回事。托特·寇爾，好好記住我教你的原則啊。」

「咦?啊，是、是的！」

一直在拉古薩身邊打著瞌睡的寇爾，一聽到羅倫斯說的話，連忙慌張地回應。

寇爾昨晚自告奮勇，表示願意徹夜不睡地守在拉古薩的船上，以免大船再次被沖走。

他似乎是想賺一些外快。

看見寇爾這般舉動，羅倫斯的爛好人性格不禁顯現了出來。他瞞著寇爾交給了拉古薩超額的乘船費，要拉古薩到了凱爾貝後，把多出來的錢交給寇爾。有了那些錢，寇爾至少一個星期不用擔心沒飯吃吧。

「對了，拉古薩先生。」

「嗯？」

「不能偷偷搶人喔。」

聽到羅倫斯這麼叮嚀，拉古薩大聲笑了出來。

拉古薩肯定是盤算著在抵達凱爾貝之前，要設法說服寇爾。

寇爾有他的目標。

不過，如果拉古薩強勢地堅持己見，個性溫吞的寇爾或許會沒辦法搖頭拒絕吧。雖然羅倫斯不知道這樣是不是多管閒事，不過他還是希望寇爾能夠完成他的目標。

因為這麼想，所以羅倫斯才會這麼叮嚀拉古薩一句。

勇猛果敢的船夫保持笑臉地嘆了口氣，然後說：

「知道了，我答應你。我是個船夫，不會說謊的。」

旅人一定有著什麼理由，才會踏上旅途。

相信拉古薩比任何人都明白這一點才是。

即便如此，羅倫斯與拉古薩兩人視線交會後，彼此還是沒出聲地笑了出來。

因為就算認為現在收徒弟還太早的羅倫斯，也能夠深刻體會讓寇爾這條大魚溜走了的心情。

「不過啊——」

說著，拉古薩突然勾住羅倫斯的肩膀，把他拉向自己，湊近了臉說：

「你也別再因為那種無聊小事，而跟夥伴吵架喔？」

拉古薩指的當然是赫蘿。

羅倫斯只能勉強移動視線看向赫蘿，結果看見她在帽子底下不懷好意地笑著。

他接著把視線移向寇爾，看見寇爾也露出苦笑，不禁感到沮喪。

「好，我知道、我知道了啦！」

「聽好啊！愛情是金錢買不到的東西。所以，做生意的常識不能用在愛情上面，你要牢牢記住這點啊！」

真是肉麻兮兮的台詞。

不過，似乎也頗有道理。

「是，我會牢記在心。」

聽到羅倫斯這麼回答，拉古薩一副「那就饒了你」的模樣鬆開了手。

「那麼，就這樣囉。我的工作是讓船隻前進，不是留住船隻。」

拉古薩一副神清氣爽的模樣，重新把雙手交叉在胸前，彷彿方才不曾露出悲傷的表情似的。

看見這般模樣的拉古薩高高挺起胸膛，羅倫斯心想「拉古薩果然是個優秀的船夫」。

他不禁思考了一下，自己在十年、或是十五年後，是否能夠擁有如拉古薩般的威嚴。

不過，如果再繼續交談下去，就會讓旅途中的這一幕變得有些庸俗。

於是羅倫斯牽起赫蘿的手，赫蘿一臉正經地點了點頭。

「那麼，再見了。」

就在羅倫斯這麼說，準備與赫蘿一起踏出步伐的瞬間——

「那、那個！」

聽到寇爾出聲留人，羅倫斯轉頭看向他說：

「嗯？」

羅倫斯不禁心想，萬一寇爾表示還是想當他的徒弟，他一定會真心感到猶豫吧。然而，這樣的想法瞬間就消失了。

寇爾一副不明白自己為何會開口說話的模樣，吞吞吐吐了一會兒後，總算簡短地說：

「非常謝謝兩位的照顧。」

第一次見面時，寇爾就突然稱呼羅倫斯為老師。

說是弄假成真可一點也沒錯，寇爾道謝的模樣確實就像真的徒弟一樣。

「加油啊。」

羅倫斯簡短地說道，然後邁出步伐。

他有好幾次想回頭看，但最後還是沒有回頭。

沒有回頭的理由不言而喻。

因為走在羅倫斯身旁的赫蘿，表現得比他更想回頭看似的。

「那，順著河川南下，到了那個什麼港口城鎮後，咱們要做什麼來著？」

然而，赫蘿沒有回過頭半次。她用著甚至顯得有些不自然的動作，直直面向前方這麼說。

「嗯，到了凱爾貝後，我們要逮住伊弗。」

這是兩人昨晚才討論過的事情，現在當然沒必要再做確認，所以赫蘿應該是想岔開話題吧。

「也就是說，先逮住狐狸，然後告訴狐狸咱們不討回利益，但相對地，要狐狸把知道的事情全告訴咱們。」

「伊弗和教會聯手走私那麼多年，只要是沿著這條河川的城鎮，她一定都知道不少內幕吧。」

「哼，只要能夠報仇，什麼理由都行。」

看見赫蘿說出這句話的模樣不見得像是在扯謊，羅倫斯不禁露出苦笑。

他暗自對著自己說：「以後真的得避免和赫蘿吵架。」

「不過，哎，偶爾變回狼姿在太陽底下奔跑，也挺不錯的唄。憑咱的腳程，不管船隻先前進了多少距離，都能夠輕鬆追上唄。」

這正是兩人不繼續搭乘船隻的理由。

如果繼續乘船，恐怕來不及逮住伊弗。

然而，這個時間點要找到馬匹更是困難，所以兩人才會做出這樣的結論。

「然後，也把那個什麼商行教訓一頓後，就順著河川北上，回到昨天的城鎮。在那之後吶？」

「那個商行叫做珍商行。不過，不用教訓他們，我們也沒有抓到能夠教訓他們的把柄。我們只是去打探一下消息而已。在那之後呢……」

羅倫斯一邊把視線稍微移向遠方，一邊喃喃說道，然後把視線移回赫蘿說：

「到時候再決定。」

雖然看見赫蘿皺起了眉頭，但這是羅倫斯就算想努力，也無力改變的事情。

不過，赫蘿真正不願意見到的，應該是這個對話到這裡就斷了吧。

「真是愛逞強。」

羅倫斯一邊笑笑，一邊說道。

「咱有嗎？」

愛逞強的赫蘿這麼回答。

她似乎打算堅持裝傻到底的樣子。

羅倫斯沒有說出「妳以為自己有辦法裝傻到底啊」，反而開門見山地說：

「妳好像很想帶寇爾一起走的樣子。」

赫蘿的嘴唇嘟得越來越高。

然後，一大團白色嘆息從帽子底下升起。

「哼，咱只是為了讓汝在與咱分手後不會感到寂寞打算由那傢伙陪伴汝才會對那傢伙好，既然那傢伙沒這個用途當然就不需要了唄。」

赫蘿一口氣把話說完，讓羅倫斯感覺像是聽到了繞口令。

事實上她的話語聽來，確實像是毫無感情可言、純粹為了說明的說明。

不過，羅倫斯什麼也沒說，只是直直注視著赫蘿。

他也越來越懂得應付赫蘿了。

不出所料地，赫蘿似乎承受不了他的目光，主動開口說：

「汝變得難應付了吶。」

雖然赫蘿一臉完全不像在誇獎人的表情，但羅倫斯還是當作誇讚接受了。

似乎有所覺悟的赫蘿，一臉疲憊地開了口：

「咱不記得那是多久以前的事情，咱曾經在旅途中，遇過跟那傢伙年紀差不多大的小毛頭和女娃兒。」

「喔？」

「那兩傢伙連左右都分不清，讓人看了心驚膽跳的。咱與那兩傢伙一同旅行了好一陣子，幫那兩傢伙照料一些有的沒的，是一趟挺有趣的旅行。所以看到那傢伙，就會想起那趟旅行。」

這一定是赫蘿的真心話吧。

只是，雖然是真心話，但沒有坦承一切。

「還有，咱純粹喜歡那傢伙。」

然後，赫蘿很乾脆地說出沒坦承的心情。

「這樣汝滿意了嗎？」

赫蘿瞇起一半眼睛仰望著羅倫斯說道。

她顯得有些難以置信的表情，彷彿在說「難道汝連那種小毛頭都要忌妒嗎？」似的。

羅倫斯選擇相信自己不至於離譜到會吃寇爾的醋。

「既然這樣，妳老實說想帶他一起走不就得了？不過……」

羅倫斯聳了聳肩接續說：

「妳應該說不出口吧。」

「是唄。」

第一個原因是，兩人正打算涉及可能會有危險的生意。

第二個原因是，很難一直隱瞞赫蘿的真實身分。

最後一個原因是——

「最後一個原因是？」

這會兒換成是赫蘿這麼詢問。

如果羅倫斯沒有老實回答，肯定會被她咬斷喉嚨。

「因為兩個人的旅行比較好。」

不過，說出這樣的話語已經不會讓羅倫斯感到害羞，或只是在逞強。

所以，赫蘿也沒有表現出想要捉弄他的感覺。

習慣會磨耗樂趣。

這定論下得太早了。

赫蘿聽了羅倫斯的回答後，儘管露出彷彿在說「那還用說」似的表情，但牽住羅倫斯的手卻是有些難為情地動來動去。

「咱就是考慮到有這些事情，才沒說出口。而且吶……」

「而且？」

「汝剛見到那傢伙時，不是說了嗎？汝說如果那傢伙主動求救，汝就願意伸出援手，如果沒有，就不願意。」

赫蘿的意思是，既然這樣，如果寇爾沒有主動表示想跟隨兩人，就不帶他去。

羅倫斯原本打算回答，卻又閉上了嘴巴。

寇爾方才表現得吞吞吐吐的樣子。

那時他會不會是想說「請帶我一起旅行」呢？

羅倫斯與赫蘿在談論狼神腳骨的話題時，寇爾應該有偷聽到吧。

既然如此，一個在北方，而且是出身距約伊茲不遠處的村人，不可能一點都不在意。

如果得知兩人打算前去確認腳骨話題的真假，那人一定會想跟隨兩人，親眼確認真假。

寇爾會有這樣的想法是很自然的事情。

不過，那時吞吞吐吐的寇爾，露出了不明白自己為何會變得吞吐的表情，那一定是因為理性告訴他，他必須早一刻回到學校的緣故。

羅倫斯也認為他做了正確的判斷。

「反正，就算那時寇爾表示想要跟我們一起旅行，我也會拒絕他吧。」

「唔？」

雖然赫蘿沉默地投來彷彿在說「不是這樣吧」似的目光，但羅倫斯當然無法接受那種來者不拒的想法。

「如果寇爾表現出倘若被拒絕，就當場以死明志的決心，我或許會考慮一下吧。」
「重點就是，除非有這般決心，否則汝不會願意讓那傢伙破壞與咱的兩人之旅。」
羅倫斯停頓了幾秒鐘，才開口說：
「嗯，妳要這麼說也可以。」
「汝方才停頓那幾秒鐘是什麼意思？」
「沒什麼意思啊。」
儘管言語上像是在排擠對方的感覺，兩人卻是緊貼著彼此並肩走著。
以羅倫斯的認知來說，他當然認為是赫蘿主動挨近他。
至於赫蘿的認知又是如何，那就更不用說了。
「好了，差不多可以走到旁邊一點了吧。」
兩人已經走到就算回頭看，也看不見拉古薩等人的位置。
四周沒有道路，也不見任何人影，有的只是就在身旁流動著的羅姆河。
只要朝向與河川呈直角的方向，也就是北方走去，一下子就會走到無人荒野的正中央吧。走到那裡，就不怕被人看見赫蘿變身為狼。
羅倫斯重新握住赫蘿的手，牽著她準備朝向無人荒野走去。
就在這個時候——

「怎麼了？」

赫蘿突然停下了腳步。

她該不會又有什麼企圖吧？這麼想著的羅倫斯回頭一看，發現赫蘿一副感到意外的表情，凝視著河川的下游方向。

「有什麼東西嗎？」

其實羅倫斯本來就有那麼一點點預感。

或許應該說算是一種期待吧。

如果是在城鎮附近的道路上，或許還有可能，但如果是在稍微偏離了道路的地方，一大清早就看見路人的可能性幾乎等於零。

在這樣的地方，羅倫斯看見了一個嬌小身影朝向這方奔來。

赫蘿動也不動地注視著那個嬌小身影。羅倫斯再次偷瞄她的側臉一眼後，像是笑了出來似的嘆了口氣。

「沒想到妳這麼喜歡小孩啊。」

羅倫斯這麼說出口的瞬間，赫蘿的耳朵抽動了一下。

他不禁感到有些訝異，因為赫蘿抽動耳朵的模樣，很接近聽到他有所失言時的感覺。

羅倫斯心想自己是不是說錯了什麼，但又想不出哪裡說錯了。

赫蘿沒轉頭看向羅倫斯，便開口說：

「汝啊，如果咱回答說咱喜歡小孩，汝打算怎麼做？」

赫蘿的問題讓羅倫斯感到納悶。

「什麼怎麼做？這種事情是要怎麼……啊——」

雖然羅倫斯不禁鬆開了赫蘿的手，但赫蘿怎麼可能放過他。

就像貓咪捕捉蝴蝶一樣，赫蘿用兩手抓住羅倫斯的手，用力將他拉近自己。

在帽子底下迎接羅倫斯的，是帶有挑戰意味的笑臉。

「咱喜歡小孩。喏，汝啊？」

「呃……」

羅倫斯在心中呻吟說：「實在太大意了。」只是一切為時已晚。

赫蘿一副彷彿在說「嗯？嗯？」似的開心模樣甩動著尾巴。

羅倫斯想不出反駁的話語或藉口，腦中一片空白。

既然這樣，只好硬是岔開話題了。

就在羅倫斯這麼想著的同時，赫蘿忽然收起了矛頭。

「哎，畢竟咱是跟著汝旅行，沒什麼身分說話。那個就交給汝決定唄。」

赫蘿這麼完就挪開了身子。

羅倫斯不禁流了一身冷汗，不用說也知道赫蘿指的「那個」是什麼。
她指的正是朝向這方奔來的寇爾。
寇爾當然不可能是幫兩人送來什麼忘了拿的東西。
羅倫斯輕輕咳了一下，讓自己忘卻方才的失態。
赫蘿咯咯笑個不停，看來她應該不會繼續追擊了。
「不過，如果與寇爾一起旅行，妳恐怕就不能好好梳毛了。」
聽到羅倫斯說道，赫蘿極其誇張地嘆了口氣。
這讓羅倫斯當真嚇了一大跳。
「雄性老是很容易就認為自己最特別。」
「……」
「汝好好想一想那傢伙在哪兒出生。不過，那傢伙看到咱的模樣時會不會害怕，就得賭一賭了。」
羅倫斯之所以沒能夠接著說下去，是因為看見赫蘿露出有些軟弱的表情。
如果是北方人，一旦看見赫蘿的真實模樣，就算沒有衝進教會裡說赫蘿是惡魔附身者，也反而很有可能當場叩頭求饒。
如果看見難得與赫蘿親近的寇爾露出這樣的態度，赫蘿一定會很受傷吧。

「反正，我會先聽聽理由再決定。」

所以，羅倫斯用輕佻的口氣這麼說。

赫蘿點了點頭。過沒多久，連羅倫斯的耳朵也聽見了寇爾的腳步聲，以及他的急促呼吸聲。

似乎使出全力一路奔跑過來的寇爾，來到聲音能讓兩人聽見的距離時，突然放慢了速度。他一副就快不支倒地的模樣，停下了腳步。

寇爾沒有想要更接近兩人的意思。

他堅持保持著聲音能讓羅倫斯兩人聽見的距離。

羅倫斯沒有主動搭腔。

無論在任何時候，都必須是有求於人的一方主動敲對方的大門。

「那、那個。」

第一關卡過關。

寇爾趁著上氣不接下氣的喘息空檔，勉強說出這幾個字。

「我們忘了拿什麼東西了嗎？」

聽到羅倫斯裝傻地說道，寇爾咬住下唇。

他沒有忘記預測有可能遭到羅倫斯拒絕。

小孩子總容易以為只要自己拚命求人，對方就一定會答應自己的要求。

第二關卡過關。

寇爾搖了搖頭說：

「我、我有事想請求您。」

一旁的赫蘿縮了一下身子，或許她是想用帽子遮住臉部吧。

赫蘿會喜歡寇爾，如果不單是企圖讓他成為羅倫斯的徒弟，那麼她應該會不忍心看見寇爾面對有如走過鋼索般的測試吧。

不過，寇爾順利地過了第三關卡。

「什麼事啊？如果是要跟我借盤纏，我可幫不上忙。」

儘管羅倫斯刻意說出壞心眼的話語，寇爾卻沒有別開視線。

這讓羅倫斯不禁想要爽快地說一句：「我答應你。」

如果接下來的旅途是一如往常的經商之旅，他早就點頭答應了。

「不、不是的，那個，請帶我……」

「帶你？」

聽到羅倫斯反問道，寇爾先是低下頭，然後握緊拳頭抬起了頭。

「兩位是要去確認魯比村的狼神謠言是不是真的吧?請帶我一起去!拜託您!」

說著,他往前踏出了一步。

寇爾不像會伺機偷錢的傢伙,他的人品足以讓羅倫斯願意立刻收他為徒弟。

然而,也正因為如此,羅倫斯希望寇爾能夠朝他自己原本的目標邁進。

更重要的是,羅倫斯兩人即將踏上的旅途實在很難說能夠有多少收穫。

重點就是,兩人準備前去確認危險謠言的真相。

「可能賺不到錢。」

所以,羅倫斯首先這麼說。

「也可能遇上危險。再說,謠言可能根本是騙人的。」

「就算是騙人的也無所謂。如果是那樣,我就能夠安心了。而且,我早就知道旅行會伴隨危險。如果沒遇見羅倫斯先生,我早就死在這條河川旁邊了。」

說著,寇爾看似痛苦地吞下一口口水。

在這般寒冷天氣之中一路跑來,寇爾應該相當口渴吧。

所以,當看見寇爾放下肩上的破爛麻袋時,羅倫斯瞬間以為他打算喝水。

但是在下一秒鐘,羅倫斯立刻知道不是這麼回事。

「我應該可以還給您救濟我的錢,而且……」

寇爾粗魯地把手伸進痲袋裡，拉出了一樣東西。

他的纖細手指用力握緊了那樣東西。

「你、你該不會？」

聽到羅倫斯的話語，寇爾臉上浮現了悲喜交加的情緒。

「我已經不能再回到拉古薩先生的船上了。」

寇爾拿在手上的是紅通通的銅幣。

羅倫斯不需要確認，也知道那是全新的艾尼幣。

他抱持著堅定不移的決心。

他直直注視著羅倫斯。

「……」

羅倫斯鬆開牽住赫蘿的手，搔了搔頭。

看見寇爾甚至做出這樣的行為，羅倫斯也找不到理由拒絕他了。

羅倫斯光是想到他不知道抱了多大的決心前來，就很難拒絕。

寇爾抱著自身的各種想法前往南方的雅肯學習，最後被趕了出來，一路流浪到這裡。

而且，羅倫斯不覺得寇爾只是一時沖昏了頭。

他轉而看向赫蘿。

赫蘿以眼神訴說著：「汝測試完了沒？」

「知道了，知道了啦。」

羅倫斯一副拗不過寇爾請求的模樣說道，寇爾立刻緩和了表情，一副平安走完吊橋的模樣，把手放在胸前縮起身子。

「不過……」

聽到羅倫斯這麼接續說，寇爾嚇得縮成一團。

「你想與我們一起旅行，就必須先接受一件事情。」

雖然羅倫斯覺得自己這麼說可能有些裝模作樣，但事情到了這個地步，他當然也希望寇爾能夠跟隨他們倆。

寇爾之所以會自告奮勇，表示願意不睡覺地守在拉古薩的船上，說不定也是為了從船上偷拿銅幣。

「呃……那、那個……？」

赫蘿一邊環視四周一圈，一邊動作熟練地解開腰帶。

羅倫斯會覺得她那模樣看起來似乎很開心，應該不是多心吧。

畢竟對赫蘿來說，要識破人類的心聲太容易了。

或許她早就猜到了寇爾會有什麼樣的反應。

即便不知道赫蘿打算做什麼，但似乎至少知道赫蘿準備脫衣服的寇爾全身僵住，於是羅倫斯走近寇爾，推了他肩膀一下，讓他面向後方。

每傳來一次衣料摩擦的聲音，寇爾便頂著一張錯亂到了極點的紅臉看向羅倫斯一次。

羅倫斯心想「寇爾還真是個純情小子」，但也相反地想到自己在赫蘿眼中或許也是一個樣，心情不禁有些五味雜陳。

「哈啾！」

這當然是赫蘿的噴嚏聲。

還有，就結果來說——

這場賭注是赫蘿贏了。

要怎麼形容寇爾當時的模樣比較貼切呢？

大喊大叫是當然是有的了。

而且音量還大得驚人。

然而，那不是因為害怕而大喊大叫。

寇爾當時的表情很接近笑臉，也很接近哭臉。

直到看見寇爾被赫蘿的巨大舌頭舔了一下臉頰，而屁股著地的模樣後，羅倫斯總算想出貼切的形容。

少年遇見了憧憬的英雄。

這正是寇爾表現出來的感覺。

『汝好像有什麼不滿的樣子吶。』

羅倫斯第一次看見赫蘿的狼模樣時，不小心往後退了幾步。

所以，就算被赫蘿這般挖苦，又被她用鼻尖輕輕頂了一下頭，羅倫斯也無法反駁什麼。

而且，寇爾恢復平靜後，便立刻戰戰兢兢地向赫蘿提出請求，現在正忙著實現他的願望。

『很癢吶，好了唄？』

赫蘿甩了一下尾巴後，寇爾從她身後走了出來。

羅倫斯怎麼也預料不到寇爾看見赫蘿的真實模樣後，會說出「請讓我摸您的尾巴」的請求。

這似乎也讓赫蘿感到很意外，她甚至因太開心而不停甩動尾巴，讓寇爾都快要摸不著了。

「反正，這也算是一種緣分吧。」

羅倫斯摺疊完赫蘿的衣服，也收拾好行李這麼說。

「啊，那、那個，您願意帶我去嗎？」

得知赫蘿是實際存在的神明後，寇爾似乎把自己請求與兩人一起旅行的事情忘得一乾二淨，

他回過神來問道。

「這隻狼是不能讓教會知道的存在，總不能把知道這事實的人丟在荒郊野外吧。」

羅倫斯惡作劇地說道，跟著用力摸了摸寇爾的頭。

「不過，你不應該偷拿拉古薩船上的銅幣。」

偷拿的金額或許不大，但還是改變不了偷錢的事實。

「咦？啊，您是說銅幣嗎？」

然而，寇爾的反應顯得有些奇怪。

「這不是我偷來的。」

「咦？」

羅倫斯反問道，赫蘿似乎也感到好奇，讓沉重身軀在兩人身旁俯臥了下來。

「其實，我後來想出了銅幣箱數不一致的理由。」

「什！」

羅倫斯不由地探出身子說道。

或許他是感到有些不甘心吧。

所以，識破羅倫斯心聲的赫蘿，隨即朝他投來「真是受不了」的眼神。

「……然後呢？」

「嗯，呃……我本來是打算偷銅幣的。因為只要應用箱數不一致的理由，應該就能夠輕鬆偷走銅幣。」

羅倫斯記起寇爾昨晚在月光下排列著貨幣，不知道在忙著什麼。

說不定寇爾那時已經解開了謎題。

「所以我才會自告奮勇說要徹夜看守船隻。雖然我很想跟隨兩位，但是我以為會被拒絕，所以就……不過，拉古薩先生對我很好，我後來想想還是覺得不應該偷銅幣……所以我老實告訴了拉古薩先生一切。我告訴他我想追來找兩位，還有，也拜託他能夠讓我以箱數不一致的理由換取乘船費。」

羅倫斯眼前不禁浮現拉古薩一副情緒複雜的表情。

「那這樣，你手上的銅幣是？」

「這是拉古薩先生給我的。不過，這不是從那箱子裡拿出來的銅幣，是拉古薩先生從他自己的荷包裡拿出來的，他說這是答禮。還有——」

『這樣才方便表演一場因為偷了錢，所以不能再回頭的戲，是唄？』

聽到赫蘿說道，寇爾一副很過意不去的模樣笑著說：

「是的。」

拉古薩應該是真的很喜歡寇爾吧。

即便如此，他還是為了寇爾著想，給了這樣的提議。

羅倫斯差點就想說：「如果你決定放棄學習之路，應該讓拉古薩收你為徒弟才對。」

『那麼，事情都談清楚了唄。總之，咱們先走，有人來了。』

赫蘿抬起巨大的頭部一邊看向遠方，一邊這麼說。

萬一被旅人看見，那事情可麻煩了。

羅倫斯與寇爾慌張地重新做起出發的準備。就在赫蘿催促著寇爾爬到她背上時，羅倫斯忽然對著寇爾說：

「有件事情想問你一下。」

寇爾停下手邊動作，回頭看向羅倫斯時，赫蘿的琥珀色眼珠也看向了羅倫斯。

「是什麼事情呢？」

羅倫斯露出極度認真的表情開口說：

「你和我一起步行前，這隻狼有跟你說悄悄話，對吧？那時候她說了什麼？」

對於這個問題，雖然寇爾曾經一度岔開話題，但羅倫斯試著再次詢問。

還一副彷彿在說「你如果不說，就別想跟我們一起旅行」似的模樣。

「呃……」

寇爾似乎被赫蘿封了口，他一副感到困惑的表情看向赫蘿。

『要是敢說出來，咱不敢保證咱這尖牙會做出什麼事情。』

雖然赫蘿一邊露出一整排的利牙，一邊說道，但是從她的口吻就能聽出來她在笑。

寇爾看似聰明地轉動著眼珠，看得出來他正在思考赫蘿話中的真意。

然後，寇爾似乎很快就找到了正確答案。

他看似難為情地笑笑後，點了點頭。

「對不起，我不能說。」

身上早就沾滿赫蘿氣味的寇爾，這麼回答了羅倫斯。

『咯咯咯。喏，還不快坐上來。』

寇爾露出很不好意思的笑臉，對著羅倫斯行了一禮後，爬上了赫蘿的背部。

羅倫斯只能一邊望著寇爾，一邊再次搔了搔頭。

還順便加上了感到疲憊的嘆息聲。

『怎麼著？』

就算顯得嚴肅的狼臉，似乎也能夠巧妙地表現出各種情緒。

赫蘿臉上浮現不懷好意的壞心眼笑容，從牙縫間發出聲音問道。

「沒事。」

羅倫斯聳了聳肩說道，坐到赫蘿的背上。

他早有預感兩人之旅加上寇爾後，會發生類似這樣的情形。

不過，如果要問他是否討厭碰到這樣的情形，應該會聳聳肩吧。

「啊，還有一個問題。」

羅倫斯坐上赫蘿的背部後，在顯得膽顫心驚的寇爾身後這麼說。

「那麼，箱數不一致的理由是什麼？」

「理由是——」

就在寇爾準備回答的瞬間，赫蘿什麼也沒說地站起身子。

『這個問題應該自己去想。』

然後，赫蘿丟出這麼一句話。

「……妳也已經發現理由了啊？」

羅倫斯難以置信地說道，赫蘿稍微抬高下巴，看向坐在她背上的羅倫斯，甩了甩耳朵說：

『沒有呀。不過，咱能夠確定一件事情。』

赫蘿緩緩踏出腳步，像是在慢慢找回身體的感覺似的，逐漸加快速度。

如果沒讓身體往前傾，冷颼颼的寒風就會打在臉頰上。

就在赫蘿的速度逐漸加快，直到羅倫斯必須這麼做時——

『比起與咱說話，思考這個問題不是會讓汝覺得更開心嗎？』

赫蘿滿腹抱怨地挖苦了他。

下一秒鐘，赫蘿大幅度加快了奔跑的速度。她一定是故意的。

羅倫斯臭著一張臉，稍微用力地抓住赫蘿的毛髮，讓身體往前趴下。

這樣的姿勢，正好把坐在前方的寇爾完全擋在懷裡。

所以，羅倫斯清楚知道寇爾正輕輕笑著。

四周的景色逐漸融成一塊。

迎面吹來的風寒冷如冰。

然而，羅倫斯在寒風刺骨之中露出了淡淡笑容。

他內心充滿了溫暖。

意外的三人之旅。

羅倫斯知道，簡短的一句話就能形容這三人的組合。

即便如此，他還是不會說出口。

絕對不會說出口。

不過，到了要撰寫與赫蘿之旅的書本時，羅倫斯或許會寫上這句話吧。

在厚重的書本角落空白處，悄悄地加上。

倘若真的決定寫上這句話，他一定會這麼寫——

三人之旅就這麼展開了。

這三人之旅呢——

應該就像預演吧。

不過——

羅倫斯當然不會這麼寫。

至少在正篇故事裡絕不可能這麼寫。

羅倫斯注意著，不讓赫蘿發現他笑了。

旅程展開了。

為了結束旅行的這趟旅程，洋溢著無比的希望。

完

後記

好久不見，我是支倉凍砂，這是第六集了。

時間真的過得很快，在我寫著這篇後記的一個月後，就是我第三次參加電擊小說大賞頒獎典禮的日子。

當然了，截稿日也總是來得很快。真的，錯不在我。要怪，就該怪時間不應該飛逝如梭。可惡的時間，你給我小心一點！

對了，跟大家分享一下上次遇到一位認識的作家時，我們聊到的話題吧。

「支倉先生，最近股票有賺嗎？」

「很不錯，常常一天就賺進『嗶～』（因個人因素，不便公開）日圓呢。」

「這麼多啊？」

「就是這麼多。所以，每次賺進『嗶～』（因個人因素，不便公開）日圓的時候，我都會有種根本不想工作的感覺！」

「這樣啊。那麼，虧錢的時候，會有得趕緊工作才行的感覺嗎？」